Hart Island
Horror

Uwe Siebert

HART ISLAND HORROR

Pandämonium Verlag

Impressum

2. überarbeitete Auflage Juli 2018

Copyright © 2018 Pandämonium Verlag
Adresse: Pandämonium Verlag
Mückenbergstraße 2A, 34320 Söhrewald
E-Mail: info@pandaemonium-verlag.de
Web: www.pandaemonium-verlag.de

Layout: Uwe Siebert, Gerd Frey
Grafik für Kapitel-Anfang: Gerd Frey;
mit freundlicher Genehmigung
Covermotiv: „Ominous Landscape" von Slava Gerj/Shutterstock
mit Lizenz von Shutterstock.com

Made in Germany

ISBN: 978-3-944893-05-1

TEIL 1

KALTES FLEISCH

„Hey, Ace", rief Jimmy Mitchell über den Hof der Stuyvesant Highschool.

Ein kräftig gebauter junger Mann drehte sich zu seinem Mitschüler um. Kevin Baker runzelte die Stirn. Er hatte nie viel für Jimmy übrig gehabt, der Kerl war einer jener abgemagerten Streber, die es in jedem Jahrgang gab und die bei keinem Mädchen landen konnten. Außerdem redete er zu viel, wann immer man ihm begegnete. Doch besonders berüchtigt waren seine zahlreichen Späße auf Kosten anderer Mitschüler. Das Vertauschen der Beschriftung auf den Zucker- und Salzstreuern in der Kantine gehörte noch zu seinen harmlosesten Streichen. Seit einiger Zeit hatte er es auf Kevin abgesehen.

„Was willst du, Mitchell?"

„Nur ein kurzes Gespräch führen, sonst nichts. Stell dir einfach vor, ich wäre von der Times. Bist du noch der Quarterback, bist du noch unser Superstar?"

„Für Spinner wie dich habe ich keine Zeit. Also verpiss dich."

„Na dann habe ich ja Glück, dass du mir nicht davonlaufen kannst. Wie geht's deinem Knie?"

Kevin fühlte Wut in sich aufsteigen. Erst vor drei Tagen war er aus dem Krankenhaus entlassen worden und jede Bewegung seines linken Beins sandte einen stechenden Schmerz durch sein Kniegelenk.

„Football hat seinen Preis, nicht wahr?" Grinsend zeigte Jimmy auf die Krücken, mit denen Kevin sich stützen musste. „Aber ich habe gehört, die Behindertenliga sucht immer noch Spieler. Vielleicht kauft dir Coach Higgins ja einen Rollstuhl."

Einige Mitschüler kicherten, das große Tuscheln begann. Längst hatte sich ein Kreis von Schaulustigen um Kevin und Jimmy zusammengefunden. Jetzt war es wichtig die Beherrschung zu bewahren. Kevin holte tief Luft, bemühte sich, seinen verletzten Stolz zu ignorieren. Er wollte nur so schnell wie möglich den heutigen Tag hinter sich bringen und sich zu Hause auf der Couch ausruhen. Niemals hatte er sich vorstellen können, wie anstrengend und schmerzhaft jede Bewegung sein würde. Doch er befürchtete, Jimmy würde ihn nicht so schnell in Ruhe lassen.

„Suchst du echt Ärger, Mitchell?"

„Ob ich Ärger suche, Baker? Kommt ganz drauf an. Immerhin hast du unsere Schule um die Meisterschaft gebracht. Die Tigers haben dich und deine Warriors mit 32 zu 20 geschlagen. Und einige von uns haben ein paar Mäuse dabei verloren."

Jimmys Augen leuchteten, als er in die Runde seiner Mitschüler sah. Der Clown der Jahrgangsstufe war ganz in seinem Element und hatte noch mehr Lacher auf seiner Seite. Was man ihm jedenfalls nicht vorwerfen konnte, war ein Mangel an Selbstbewusstsein. In diesem Moment war er zum größten Comedian im ganzen Bundesstaat mutiert. Und Kevin kochte innerlich vor Wut.

„Verpiss dich endlich, du kleiner Scheißkerl!" brüllte er. Seine Stimme klang weit weniger bedrohlich als angestrebt. „Hörst du, Mitchell, du kannst nichts und du bist nichts."

„Ich bin ein Mathematikgenie und ich weiß auch, was du bist. Du bist ein Versager."

Augenblicklich ließ Kevin beide Krücken fallen, seine rechte Hand ballte sich zur Faust und traf Jimmys Gesicht. Noch nie zuvor hatte er erlebt, dass sich ein hämisches Grinsen derart schnell in eine Grimasse der Furcht verwandelte. Kevin rammte Jimmy mit dem ganzen Gewicht seines Körpers, beide gingen zu Boden. Der Schmerz in seinem Knie trieb ihm Tränen in die Augen, dennoch ließ er nicht von seinem Gegner ab. Es gab viele Mitschüler, die ihn plötzlich anfeuerten, fast glaubte er sich zurück auf dem Footballfeld. Andere versuchten ihn von Jimmy wegzuzerren, aber er war stärker als sie. Nach dem dritten Faustschlag drang nur noch die Stimme von Stacey Summers wie durch einen Schleier an seine Ohren: „Nein, Ace, hör auf … du bringst ihn ja um!“

Immer wieder hallten ihre Rufe in seiner Erinnerung nach, bis sie schließlich abrupt verstummten und die Gegenwart von Kevin Besitz ergriff.

„Vergangenheit“, seufzte er.

Wie lange war das alles her? Zwei, drei, vier Jahre? Schon seit Minuten blickte er auf die alte Narbe an seinem Handknöchel. Beim ersten Schlag in Jimmys Gesicht hatte er sich an den Schneidezähnen des Mitschülers die Haut aufgerissen. In all den Jahren, die folgten, hatte er gelernt, was für ein hinterlistiges Flittchen das Leben sein konnte. Mal gaukelte es ihm vor, für Großes bestimmt zu sein, nur um ihm im nächsten Moment ein Bein zu stellen und in den Armen eines anderen Kerls lachend davonzuziehen.

Für Kevin gab es als Nachtpförtner des Bellevue Hospitals nur wenig Arbeit zu verrichten, für gewöhnlich erfüllte sein Beruf ihn mit einer Langeweile, die er von früher nicht gewohnt war.

Obdachlose und Drogensüchtige klopften zuweilen an die Pforte in der Hoffnung auf eine Mahlzeit und ein warmes Bett. Und während sich das Fachpersonal auf die Notaufnahme konzentrierte, döste Kevin in seinem kleinen Büro vor sich hin oder sah sich die Wiederholungen von *T.J. Hooker* und *Wheel of Fortune* im Fernsehen an. Manchmal spazierte er auch durch die Korridore, so wie heute Nacht. Die Sohlen seiner Schuhe klackten auf dem Linoleumboden. Die weiß verputzten Wände reflektierten das Licht der Deckenbeleuchtung. Kevins Berufswelt war karg, und die Luft, die er darin atmete, war eine penetrante Mischung aus verschiedensten Desinfektionsmitteln, die von den Reinigungskräften beim Aufputzen der Korridore benutzt wurden.

Kevin war nicht überrascht, dass er der einzige Bewerber für diesen Job gewesen war. Die Bezahlung war nicht sonderlich gut und die nächtliche Tätigkeit wurde zunehmend zur Qual.

Nachdem er die Highschool verlassen hatte, war sein Leben nicht besonders gut verlaufen. Noch vor fünf Jahren hatte ihm sein Sportlehrer Mr. Higgins eine Zukunft in der Profiliga prophezeit. *Ace of Spades*, so hatten sie ihn genannt; er war das Pik-Ass seines Teams gewesen, der große Gewinner, den nichts und niemand stoppen konnte. Doch eine Knieverletzung hatte die aufstrebende Footballkarriere beendet. Kevins kleine heile Welt war wie seine Kniescheibe in Scherben zersprungen, und *Ace of Spades* verschwand in der Versenkung.

Die meisten seiner Mitschüler hatten nach dem Abschluss von der Stuyvesant Highschool einen mehr oder minder gut bezahlten Job gefunden, andere profitierten sogar von Stipendien für berühmte Universitäten. Aber Kevin war es weder gelungen einen anständigen Job zu finden, noch eine Familie zu gründen. Wenn große Träume zerplatzen, fühlt es sich zuweilen so an, als drohe die ganze Welt zu zerbrechen; und der Antrieb eines Mannes, der ihn normalerweise davon abhält, sich selbst und alle seine Hoffnungen aufzugeben, beginnt zu streiken.

Seine große Liebe, Stacey Summers, verließ ihn, während er verzweifelt versuchte, einen Job in der Werkstatt einer kleinen Tankstelle in der Nähe von Queens zu bekommen. Sie hatte den Immobilienmakler Anton Baxter geheiratet und lebte mit ihm irgendwo in New Jersey. Sie besaßen ein eigenes Haus, und vor einem Jahr hatte Stacey eine Tochter zur Welt gebracht.

In den letzten dreizehn Monaten hatte er nur noch eine Beziehung zu seiner rechten Hand gehabt. Es schien, als könnten die Frauen sein Versagen wittern, als wüssten sie, dass er ihnen nichts mehr bieten konnte.

Zu viel Alkohol und billiges Junkfood hatten ihn seine drahtige Statur gekostet, das straffe Sixpack war einem üppigen Bauchansatz gewichen und seine kantigen Gesichtszüge lagen unter Pausbacken und einem Doppelkinn begraben.

An vielen Tagen ging er seinem Spiegelbild aus dem Weg – solche Tage häuften sich, und es war an der Zeit, sich einzugestehen, dass *Ace of Spades* gestorben war. Aus dem ehemaligen Quarterback und Frauenschwarm war tatsächlich ein *Versager* geworden.

~

Kevins Schicht verlief spannender, seitdem er wusste, wie einfach es war, sich Zutritt zu allen Abteilungen des Hospitals zu verschaffen. Als Teil des Personals hatte er Zugriff auf den Schlüsselschrank.

Nach Mitternacht war er die einzige Person, die das Untergeschoss des Gebäudes betrat. Sein Blick war stets auf die blanke Metalltür der Leichenhalle gerichtet. Die angrenzenden Abteilungen der Gerichtsmedizin und der Pathologie waren seit Stunden verlassen. Das Personal hatte die letzte Schicht um neun Uhr beendet.

Die Stille, die in diesem Teil des Gebäudes herrschte, hätte Kevin unter anderen Umständen beunruhigt. Es war zu still.

Die meisten Menschen beschäftigten sich nur flüchtig damit, dass irgendwann ganz unweigerlich jedes Herz aufhörte zu schlagen, doch zumeist verdrängten sie den Gedanken daran wieder. Der Tod war ein ungebetener Gast in ihrem Leben, sie versuchten ihn auszusperren, solange es möglich war.

Die Tür zur Leichenhalle war verschlossen. Kevin zog den großen Schlüsselbund aus seiner Hosentasche. Es dauerte nicht lange, bis er den richtigen Schlüssel gefunden hatte.

Er öffnete die Tür. Schon häufig hatte er die Halle betreten. Kühle Luft schlug ihm entgegen. Die Kälte hier unten konnte den Verfall der Körper zwar verlangsamen, aber nicht aufhalten. Sieben Leichname lagen nebeneinander auf Metalltischen, die Körper waren mit Laken abgedeckt. Sie waren erst am späten Nachmittag gebracht worden, und da die Mehrheit der Angestellten auf einen mehr oder minder pünktlichen Feierabend Wert legte, verzögerten sich die Arbeiten erheblich.

Er betrachtete die Zettel an den großen Zehen der Toten – an einem Ort wie diesem waren sie die einzige Erinnerung daran, dass diese Menschen einmal einen Namen gehabt hatten. Sechs von ihnen waren Männer, nur unter dem letzten Laken zeichnete sich deutlich die Wölbung weiblicher Brüste ab. Natürlich war er sich darüber im Klaren, dass seine Neugierde längst mit einem sexuellen Motiv einherging. Schon letztes Mal hatte allein die Vorstellung, den Leichnam einer zwanzigjährigen Drogensüchtigen anzusehen, bei ihm eine Erektion verursacht. Er war vor sich selbst erschrocken, davor wie sehr er sich gewünscht hatte, die Haut der Toten zu berühren. Damals hatte er die Leichenhalle fluchtartig verlassen, ehe er sein Verlangen in die Tat umsetzen konnte. Doch heute Nacht würde er die Berührung wagen.

Seine Hände zitterten, als er das Laken anhob. Die Frau darunter war Anfang dreißig, das braune Haar hüftlang und strähnig. Ihre spröde Gesichtshaut verriet, dass sie weder Make-up noch Lippenstift oder Peeling-Cremes benutzt hatte. Wahrscheinlich war sie eine Obdachlose gewesen. Mit ein bisschen Pflege, kürzeren Haaren und gesunder Ernährung hätte sie Stacey verblüffend ähnlich gesehen. Ihre Augenlider waren geschlossen, als würde sie schlafen. Der Oberkörper der Toten wies mehrere starke Blutergüsse auf. Kevin sah an ihr hinab. Es war der Blick eines Voyeurs, der schon bald vom Betrachter zum Täter werden würde. Heute Nacht würde es soweit sein, dessen war er sich sicher. Er sprach den Namen der Toten laut aus: „Mary Sampson." Es glich einem Ritual, dessen Reihenfolge genau eingehalten werden musste, um zu einem krönenden Abschluss zu führen. Dabei grenzte es an Ironie, dass sie die einzige Frau war, die er in den letzten Monaten unbekleidet gesehen hatte. Kevin genoss jeden Zentimeter ihrer Nacktheit, ergötzte sich an den Rundungen ihres Körpers, während er sich darüber wunderte, dass er nicht den geringsten Ekel vor ihrem Leichnam verspürte.

Langsam und mit einer für ihn untypischen Zaghaftigkeit legte er seine Hand auf ihren Körper. Die Kälte ihrer Haut ließ ihn zusammenzucken, doch als er sich daran gewöhnt hatte, genoss er die Berührung. Er streichelte ihre Brüste. Früher hatten die Frauen in seinen Armen bei einer solchen Liebkosung ihrer Brustwarzen geseufzt, nur Mary schwieg. Seine Hand wanderte tiefer, mit jedem weiteren Zentimeter stieg sein Puls an. Eine Handbreit unterhalb von Marys Bauchnabel begann ein Saum dunkler Haare, der Kevin wie ein Wegweiser zwischen ihre Beine führte.

Hart drückte seine Erektion gegen das Innere seiner Jeans. Obwohl er wusste, dass er ganz allein in der Leichenhalle war, blickte er sich um. Er kämpfte gegen seinen Trieb an und verfluchte seinen Körper und die Geilheit, die langsam aber sicher seinen Verstand auszuschalten drohte.

Was um alles in der Welt tat er hier eigentlich? Er stand bei dem Leichnam einer Frau, seine rechte Hand lag zwischen ihren Schenkeln und zwei seiner Finger drangen in ihr kaltes Fleisch ein.

Als hätte diese Penetration eine Pforte in die Welt des Todes geöffnet, stieg ein unangenehmer Gestank aus Marys Schoß empor, der spitz wie ein Messer in Kevins Atemwege stach. Er musste würgen, dennoch ließ er nicht von der Toten ab. Er atmete hastiger, sein Herz hämmerte wie ein Presslufthammer, drohte den Brustkorb zu sprengen. Seine rechte Hand öffnete den Reißverschluss seiner Jeans, verschaffte seinem Penis den nötigen Platz. Kevin konnte nicht anders, er spreizte die Beine der Toten. Der Metalltisch knarrte unter seinem Gewicht, als er sich auf den Leichnam legte.

„Mary Sampson", abermals wiederholte er ihren Namen. Der süßlich herbe Geruch ihrer blassen Haut war nun ganz nahe und hüllte ihn ein wie ein betörendes Parfüm. Eine Handvoll Speichel genügte, um sein Glied und die Vagina der Toten geschmeidig zu machen. Dann drang er in sie ein. Die Kälte in ihrem Inneren umschloss seinen Penis. Ihn fröstelte, ein Schauer jagte den nächsten. Kevins Stöße waren heftig, schon bald war Mary wieder so trocken wie eine gedörrte Apfelschale. Als er sich in sie ergoss und der Orgasmus wie eine gewaltige Welle durch jeden Winkel seines Körpers brandete, schrie er auf. Dieser Moment, den er mit allen Sinnen festzuhalten versuchte, war für ihn der Höhepunkt dieser Nacht. Es war der bisher beste Sex seines Lebens gewesen. Er sank auf den Leichnam herab. Sabber rann zwischen seinen Mundwinkeln hervor. Kevin war sich des erbärmlichen wie obszönen Anblicks, den er abgab, vollkommen bewusst. Scham überkam ihn. Hastig zog er seinen mittlerweile erschlafften Penis aus der Vagina und ließ ihn in seiner Hose verschwinden.

Erst jetzt wurde Kevin richtig klar, was er soeben getan hatte. Mehrere Schritte wich er vor dem Leichnam zurück. Übelkeit stieg in ihm hoch – der Ekel vor dem verwesenden Fleisch, dem Gestank erkalteter Genitalien und der Endgültigkeit des Todes. Sterne tanzten vor seinen Augen und er übergab sich auf den Boden.

„Gott, vergib mir!" Seine Stimme wurde zu einem Winseln.

Mittlerweile gab es so viele verräterische Spuren in diesem Raum, die auf einen Leichenschänder hindeuteten, dass Kevin sich auszumalen begann, welche Strafe er zu erwarten hatte.

Wenn auch nur einer der Pathologen Verdacht schöpfte, würden sie ohne zu zögern die Polizei rufen und es wäre nur eine Frage der Zeit, bis Kevin verhaftet würde. Schon die Vorstellung, all den anklagenden Blicken der anderen Angestellten und der Polizisten ausgeliefert zu sein, war schrecklich. Er würde in einer Psychiatrie enden, vielleicht sogar in der psychiatrischen Einrichtung des Hospitals, an der Seite von Vergewaltigern, Kinderschändern und anderen gestörten Sexualstraftätern. Das traurige Ende von *Ace of Spades*.

Ihm blieb nichts anderes übrig, als seine Spuren zu verwischen und zu hoffen, dass keiner der Angestellten früher als erwartet seinen Dienst begann.

Er verbrauchte Unmengen an Papiertüchern und musste stark dagegen ankämpfen, dass ihm nicht wieder übel wurde.

~

Kevin war heilfroh, als seine Schicht um sechs Uhr endete. Während er auf dem Weg nach draußen Dr. Meyers begegnete, fiel es ihm schwer, dem Chefpathologen in die Augen zu sehen.

„Da ist ja der junge Mr. Baker. Guten Morgen."

„Guten Morgen, Sir." Kevin hielt noch immer den Blick gesenkt.

„Sie sehen aus, als hätten Sie eine anstrengende Nacht hinter sich. Alles in Ordnung mit Ihnen? Sie sind so blass."

„Ich habe nur was Falsches gegessen." Eine bessere Erklärung fiel ihm nicht ein.

„Finger weg von Burger und Fritten, das Zeug ist nicht gut und geht auf die Hüften." Der Chefpathologe entblößte beim Grinsen seine von Nikotin vergilbten Zähne.

Mit schnellen Schritten ging Kevin über den Parkplatz, zu schnell für sein linkes Knie. Der Schmerz in dem lädierten Gelenk wurde pochend, und er begann wieder zu hinken.

Die Sonne ging auf, die ersten Strahlen blendeten seine mittlerweile an die Dunkelheit gewöhnten Augen. Kaum saß er hinter dem Steuer seines Chevys, atmete er erleichtert auf und ließ sich in den Ledersitz zurücksinken. Erst als er den Gurt anlegte, bemerkte er die Spermaflecken auf seiner Jeans. Er war so darauf versessen gewesen, alle Spuren in der Leichenhalle zu beseitigen, dass er völlig vergessen hatte, auf seine Kleidung zu achten. Hoffentlich hatte Dr. Meyers nichts bemerkt.

Als Kevin vom Parkplatz fuhr, streifte er beinahe einen Lastwagen der Müllabfuhr.

„Reiß dich zusammen, Ace", flüsterte er.

Auf der First Avenue herrschte um diese Uhrzeit verhältnismäßig wenig Verkehr. Noch immer kreisten Kevins Gedanken um die letzte Nacht, noch immer hatte er Angst davor, dass man ihm seine Tat nachweisen könnte. In der Enge des Wagens bemerkte er den Gestank, der ihn wie eine verräterische Aura umwehte – es roch nach Mary Sampson, nach Tod und Verwesung.

Kevin fuhr so unaufmerksam, dass er zwei rote Ampeln übersah und beinahe einen weiteren Zusammenstoß mit einem Kombi verursacht hätte. Glücklicherweise dauerte es nicht lange, bis er die neun Meilen zu seiner Wohnung zurückgelegt hatte.

~

„Baker, du bist zwei Mieten im Rückstand!" Die Stimme von Harold Bukowski drang an sein Ohr, noch ehe er die Schwelle zum Hausflur überquert hatte. Der alte Mann trug denselben Jogginganzug wie vor zwei Tagen, als er das letzte Mal mit ihm gesprochen hatte. Bereits am Montag hatte Bukowski auf Kevin gewartet, um ihn an seine Mietschulden zu erinnern.

„Verkauf deinen Wagen, Söhnchen, dann hast du genug Geld."

„Ich bekomme mein Geld Ende der Woche, dann bezahle ich, Mr. Bukowski, versprochen!"

„Das hier ist nicht die Wohlfahrt. Du sitzt schneller vor der Tür, als du denkst. Hörst du, was ich sage?" Der alte Mann beging den Fehler, Kevin am Arm zu packen und festzuhalten.

Blitzartig fuhr Kevin zu ihm herum und presste ihn an die Wand. Der ehemalige Footballspieler war fast einen Kopf größer als der Hauseigentümer und weitaus massiger. Er sah Bukowski in die Augen.

„Fassen Sie mich nie wieder an. Haben Sie mich verstanden?"

Bukowski nickte. Der Ausdruck in seinem faltigen Gesicht verriet, dass er Kevin unterschätzt hatte.

„Ende der Woche, hab ich gesagt, und keinen Tag früher. Kapiert?"

„Klar. Ich nehme Sie beim Wort, Baker. Hab keinen Grund, daran zu zweifeln."

Kevin ließ ihn los. Noch während er die Treppe hinauf in den zweiten Stock ging, hörte er Mr. Bukowski in der Erdgeschosswohnung schimpfen. Decken und Wände des vierstöckigen Hauses waren dünn. Manchmal konnte Kevin auch hören, wenn sich sein Nachbar die Spiele der Giants im Fernsehen anschaute oder wenn die Frau in der Wohnung gegenüber Besuch von ihrem Liebhaber hatte.

Kaum hatte er seine Wohnung betreten, entledigte er sich seiner Kleidung, in der Hoffnung den Verwesungsgestank endlich loszuwerden; doch zu seinem Entsetzen musste er feststellen, dass er unterhalb der Gürtellinie genauso roch.

Erst eine ausgiebige Dusche, die er am liebsten gar nicht mehr beendet hätte, konnte den Gestank fortspülen.

~

Kevins Wohnung war klein, sein Gehalt reichte gerade einmal aus, die monatliche Miete zu bezahlen. Sobald unerwartete Kosten auf ihn zukamen, wie die Reparatur seines Wagens vor zwei Monaten, geriet er in eine finanzielle Krise. Es wäre natürlich das Vernünftigste gewesen den Chevy zu verkaufen und wie die meisten New Yorker die Bus- und U-Bahn-Verbindungen zu nutzen, aber Kevin konnte sich nicht von dem Wagen trennen. Der schwarz lackierte Chevrolet Caprice Classic war ein Geschenk seines Dads gewesen. Kevin hatte zwar immer den Impala bevorzugt, aber er wusste Geschenke zu schätzen. Um nichts in der Welt würde er den Wagen verkaufen, nur um dem alten Bukowski die Miete für eine heruntergekommene Wohnung zu zahlen.

Bisher hatte er es strikt vermieden, seine Eltern in Brooklyn anzurufen und sich Geld zu leihen. Zweifellos hätten sie ihm ausgeholfen. Aber er war immer stolz darauf gewesen, nach der Highschool und trotz vieler Misserfolge auf eigenen Beinen zu stehen – obwohl sein Stand im Leben äußerst wackelig war.

Er war sich sicher, dass sein Leben anders verlaufen wäre, wenn Stacey ihn nicht verlassen hätte. Sie hatte ihn im Stich gelassen, als er ihre Unterstützung am dringendsten gebraucht hatte. Insgeheim gab er ihr sogar die Schuld an seiner derzeitigen Lage, doch er konnte nicht leugnen, dass er sie nach wie vor liebte. Und an Tagen wie diesen flammte seine Sehnsucht nach Stacey auf wie ein Feuer, in das Öl gegossen wurde.

Gelegentlich rief er bei ihr zu Hause an, er wusste mittlerweile genau, zu welchen Tageszeiten sie allein war. Wenn sie den Hörer abnahm, sprach er kein Wort, sondern lauschte nur den Klängen ihrer Stimme. Bereits zweimal hatte ihr Mann deswegen die Telefonnummer ändern lassen, aber Kevin hatte einen guten Freund bei der Telefongesellschaft.

Er kannte Staceys neue Telefonnummer längst auswendig. Schon nach wenigen Sekunden hörte er sie sprechen: „Stacey Baxter ... Hallo?" Im Hintergrund schrie ein Baby, und Kevin lächelte. Es hätte sein Kind sein können. Er wollte Stacey zu gern sagen, wie sehr er sie noch immer liebte und dass sie zu ihm zurückkommen sollte, auch wenn er ihr nicht mehr viel bieten konnte. Er wollte ihr das Versprechen geben, dass es dennoch irgendwie und irgendwo ein *Happy End* für sie beide gab, aber er schwieg. Auch sein Mut hatte ihn verlassen …

Stacey legte auf.

~

Mittlerweile war es zehn Uhr. Die Straßen hatten sich belebt. Kevin nahm das Geräusch der vorbeifahrenden Autos und ferner Polizeisirenen kaum wahr. Sein nächtlicher Job forderte den üblichen Tribut, nicht mehr lange würde er sich noch auf den Beinen halten können. Er hatte die Vorhänge des Schlafzimmers zugezogen und ließ sich endlich auf das Bett fallen. Die Matratze war durchgelegen, durch sein hohes Gewicht sank er viel zu tief ein.

Auf dem Nachttisch stand eine Flasche Bourbon. Längst war es für ihn zur Gewohnheit geworden vor dem Schlafengehen einen Schluck nach dem anderen zu nehmen. Er genoss die Wärme, die seine Kehle hinabrann und sich in seinem Bauch ausbreitete. Wie viel einfacher war das Leben im Rausch zu ertragen, die Sehnsucht nach längst vergangenen Zeiten schwand, ebenso wie die Schmerzen in seinem Knie.

„Stacey", flüsterte er. Für seine Ohren klang es beinahe wie *Mary*, und er musste für einen Moment tatsächlich überlegen ob er den richtigen Namen ausgesprochen hatte. Zweifellos dachte er an seine große Liebe, doch vor seinem geistigen Auge sah er Mary Sampson. Das ausdruckslose Gesicht mit der bleichen Haut und den eingefallenen Wangen glänzte in der Dunkelheit seines Schlafzimmers auf wie der Mond am Nachthimmel. Er hatte sie gefickt, hatte wahrhaftig ihre stinkende Leiche gefickt, und dieses Erlebnis suchte ihn sogar im Traum heim.

~

Kevin ist nackt, wie bei seiner Geburt, und von Kälte umgeben, er schlottert so heftig, dass ihm die Zähne klappern. Der Gestank von Fäulnis sticht so schmerzhaft in seine Atemwege, dass sein Brustkorb zu bersten droht.

Seine Augen sind weit aufgerissen, panisch sieht er sich um, doch überall sind nur Leichen und ihre ausdruckslosen Gesichter. Er liegt zwischen ihnen, spürt ihre Haut auf seiner Haut. Da ist auch Mary Sampson, ihre Beine sind in einem unnatürlichen Winkel von ihrem Becken abgespreizt. Ihre Vagina ist nicht mehr als eine Ansammlung grauen Fleisches, in dem sich tausende Maden tummeln.

Irgendwo aus den Tiefen dieser Leichengrube erklingt eine Stimme, zischend wie ein Windstoß auf weiter Flur: „Das Leben ist nichts als ein Spiel, Ace. Manchmal spielst du für eine Mannschaft, aber meistens spielst du für dich allein. Und egal was du tust, jede Bewegung, jeder Pass, jeder Wurf, alles hat Konsequenzen. Sogar der Tod hat Konsequenzen."

~

Stacey Baxter betrachtete die kleine Sarah-Lynn in ihrer Wiege. Das Kind schlief seit etwa fünf Minuten. Die junge Mutter lächelte zufrieden, so wie sie immer lächelte, wenn sie ihre Tochter in den Schlaf gesungen hatte.

Ihr Blick schweifte durch den Raum zum Telefon und Unruhe überkam sie. Sie hatte einen vagen Verdacht, wer sie angerufen hatte. Obwohl der Anrufer nie ein Wort sprach und sie ihn nur atmen hörte, tippte sie auf Kevin. Als sie noch mit ihm zusammen gewesen war, hatte sie ihn vor vielen seiner Einsätze als Quarterback außerordentlich nervös erlebt. Dann begannen seine Hände zu zittern, und sein Atmen verwandelte sich in ein Schnaufen. Großer Gott, am Telefon hatte sie dasselbe Schnaufen gehört.

Sie hatte Anton nicht viel über Kevin erzählt, frühere Beziehungen hatten in einer Ehe nichts zu suchen. Obwohl es ihr damals schwer gefallen war, sich von Kevin zu trennen, wusste sie doch, dass sie sich richtig entschieden hatte.

Kevins ganzes Leben war auf eine Karriere als Quarterback ausgerichtet gewesen, und geprägt von der Hoffnung, irgendwann für die Giants spielen zu dürfen. Es hatte nichts anderes für ihn gegeben. Als umso schlimmer hatte er es empfunden, nicht mehr spielen zu können. Nach seiner Verletzung hatte er sich verändert; Stacey und die meisten seiner damaligen Freunde empfanden ihn plötzlich als unangenehm. Er wurde schnell aufbrausend, und einmal hatte er sogar einen Mitschüler nach dem Unterricht bewusstlos geschlagen. Nach diesem Wutausbruch hatte er begonnen, sich von den meisten Leuten zurückzuziehen. Er nahm eine ganze Weile starke Schmerzmittel, trank zuviel Alkohol und war fast jeden Abend betrunken.

Es war nicht unbedingt mangelnde Liebe gewesen, die Stacey dazu bewogen hatte, ihren eigenen Weg im

Leben zu gehen, vielmehr hatte sie Kevins selbstzerstörerische Phase nicht länger ertragen können.

Zuweilen fragte sie sich, wie es ihm jetzt wohl ging, ob er eine andere Frau kennengelernt und vielleicht sogar eine Familie gegründet hatte. Wenn er seine Selbstbeherrschung zurückgefunden hatte, es ein neues Ziel in seinem Leben gab, dann würde Kevin sogar ein guter Vater sein, dessen war sich Stacey sicher. Im Stillen wünschte sie Kevin von ganzem Herzen alles Glück dieser Welt.

Sobald Anton von der Arbeit zurückkam, würde sie ihn bitten, die Telefonnummer ein weiteres Mal ändern zu lassen.

~

Als der Wecker am späten Nachmittag klingelte, erwachte Kevin mit einer Erektion. Das Gefühl von Scham war noch immer da und ließ sich weder mit einer weiteren Dusche noch mit Bourbon wegspülen.

Die Gewissheit, auch heute Abend wieder seine Schicht im Hospital anzutreten, erfüllte ihn mit Angst. Dennoch musste er an diesen Ort zurückkehren; wie sonst sollte er erfahren, ob Dr. Meyers oder die anderen Angestellten irgendetwas von der Leichenschändung bemerkt hatten.

An der frischen Kleidung, die er anzog, haftete der Geruch des Waschmittels – eine willkommene Abwechslung zu dem Verwesungsgestank der letzten Nachtschicht.

Als Kevin in den Chevy stieg, dachte er kurz daran, hinüber nach New Jersey zu fahren und Stacey zu besuchen. Er kannte die Adresse der Baxters, aber er war noch nie in der Gegend gewesen. Letzten Endes verwarf er den Gedanken wieder, denn wahrscheinlich würde er die kleine Familie nur belästigen.

Am Abend verzögerte sich sein Fahrweg um eine gute Viertelstunde. Der Feierabendverkehr verstopfte die Straßen. Die Sonne ging bereits unter, die Skyline von Manhattan war in tausend Lichter getaucht.

Als er endlich den Gebäudekomplex des Hospitals sah, wurde seine Atmung lauter, er schnaufte, beide Hände legten sich fester um das Lenkrad.

„Ganz ruhig, Ace", murmelte er. Er fühlte sich, als stünde ein wichtiges Spiel bevor, als würde er in wenigen Minuten wieder den Rasen des Stadions betreten und das Jubeln der Zuschauer hören.

Ace of Spades! Ace of Spades! Ace of Spades!

Als Kevin aus dem Wagen stieg, fuhr ein scharfer Schmerz durch sein linkes Knie und holte ihn zurück in die Realität, noch ehe er sich den Erinnerungen an seine Siege hingeben konnte. Er hatte völlig vergessen, wie vorsichtig er mit dem Gelenk sein musste. Jede zu schnelle Bewegung verursachte Schmerzen, davor hatten die Ärzte ihn damals immer wieder gewarnt.

Vor dem Eingang des Gebäudes stand der Chefpathologe. Er drückte einen Zigarettenstummel in einem überfüllten Standaschenbecher aus, während er sich flüchtig mit einer Kollegin unterhielt. Die beiden verabschiedeten sich voneinander, die Frau ging an Kevin vorbei, ohne ihn auch nur eines Blickes zu würdigen. Nur wenige Sekunden später zündete sich Dr. Meyers eine weitere Zigarette an. Mit einem kurzen Winken deutete der Pathologe an, dass er Kevin gesehen hatte.

„Da sind Sie ja wieder, Mr. Baker." Auch diesmal entblößte der Doktor beim Grinsen sein gelbliches Gebiss. Kaum wollte Kevin an ihm vorbeigehen, hielt ihn der Pathologe an der Schulter fest. „Ich muss mit Ihnen reden."

Unter anderen Umständen hätte eine solche Berührung Kevin zu einer gewaltsamen Reaktion provoziert, aber jetzt erstarrte er. Er konnte nicht verhindern, dass sich trotz des kühlen Wetters Schweißperlen auf seiner Stirn sammelten.

„Was kann ich für Sie tun?" Seine Stimme klang viel zu leise, und er hasste sich dafür, weder seine Nervosität noch die damit einhergehende Angst zumindest einigermaßen kontrollieren zu können.

„Mir ist heute früh aufgefallen, dass die Tür zur Leichenhalle nicht verschlossen war. War noch irgendjemand vom Personal anwesend, als Sie gestern Abend ihren Dienst begonnen haben? Die Gerichtsmediziner sind manchmal noch bis Mitternacht dort."

„Nein Sir, nicht dass ich wüsste."

„Seltsam, ich hätte schwören können, dass die Tür abgeschlossen wurde. Naja, der gestrige Tag war lang, viel zu lang. Stellen Sie sich vor, wir haben mal wieder eine Ladung Obdachloser bekommen. Es ist ein Jammer, dass in unserer Gesellschaft immer noch so viele Leute auf der Straße leben müssen. Sie werden alle drüben auf Hart Island landen, ohne Totenmesse, ohne Grabstein."

„Wirklich traurig."

„Ja, ist es. Aber ich will Sie nicht aufhalten, Ihre Schicht beginnt gleich."

~

Empathie und Menschenkenntnis sind mehr wert als alles Gold in Fort Knox, behauptete Dr. Erwin Meyers seit seiner Studienzeit. Und obgleich er überwiegend mit Toten zu tun hatte, bemerkte er überaus schnell, wenn sich die Lebenden in seinem Umfeld anders als gewohnt verhielten. So war es auch in seiner Ehe gewesen. Als er eines Abends vom Hospital zurückkehrte, hatte er Heather nur in die Augen gesehen und im selben Moment gewusst, dass sie eine Affäre hatte. Manche Menschen trugen ihre Schuld offen in den Augen zur Schau, es schien fast, als spiegelten sich darin ihre schlechten Taten wider.

Und ein Blick in Kevin Bakers Augen genügte, um ihn davon zu überzeugen, dass der junge Mann eine Tat begangen hatte, die er lieber hätte lassen sollen.

Auch Dr. Meyers hatte vor Jahren von dem aufstrebenden Star der Stuyvesant Highschool gehört, wie beinahe jeder in der Gegend. Und er wusste von der Verletzung des Mannes und dass die damit einhergehenden Schmerzen nicht einfach so zu ignorieren waren, ja geradezu zum Drogenkonsum verleiten konnten. Doch bei aller Sympathie, die er für Kevins Leistungen in der Vergangenheit empfand, wollte er dieses unangenehme Gefühl in der Magengrube nicht einfach so ignorieren.

Am Abend zuvor hatte er eine Obduktion an einem kürzlich Verstorbenen durchgeführt, anschließend hatte er den Toten in die Kühlkammer bringen lassen. Er war persönlich zugegen gewesen, als die Tür abgeschlossen wurde. Und auch Dr. Ingrams hatte ihm bestätigt, dass nach neun Uhr niemand aus der Gerichtsmedizin noch gearbeitet hatte.

Als Nachtpförtner hatte Kevin Zugriff auf den Schlüsselschrank. Aber was um alles in der Welt könnte einen jungen Mann dazu bewegen, sich bei Nacht in die Leichenhalle zu schleichen?

Möglicherweise war es nur Neugierde gewesen oder eine persönliche Mutprobe? Im schlimmsten Falle steckte ein ganz anderer Grund dahinter.

Dr. Meyers zündete sich eine weitere Zigarette an – die fünfte nach Dienstschluss. Doch heute würde er nicht wie sonst nach Hause fahren. Er wollte warten und beobachten, wie sich Kevin Baker in der Nacht die Zeit vertrieb.

~

Anton Baxter hatte kaum das Haus betreten, als Stacey ihm – ehrlich wie immer – von dem unbekannten Anrufer berichtete und darum bat, die Telefonnummer ein weiteres Mal ändern zu lassen.

„Geht das schon wieder los?" Anton machte keine Anstalten seine Verärgerung zu unterdrücken. „Ich habe es endgültig satt, du kannst mich nicht länger für dumm verkaufen."

„Schatz, beruhige dich. Ich weiß nicht, was du meinst."

„Du weißt es sehr wohl. Du kennst diesen Anrufer, das ahne ich bereits, seitdem er uns das erste Mal belästigt hat. Es ist Kevin Baker, oder Ace, wie du ihn früher genannt hast."

Stacey wusste nicht, wodurch sie sich verraten hatte. Sie hatte Anton noch nie so wütend erlebt wie in diesem Augenblick. Auf seiner Stirn trat eine Zornesader hervor, während er sich mit beiden Händen durch die schwarzen Haare fuhr.

„Beruhige dich, Schatz", seufzte Stacey. Ehe sie sich versah, ohrfeigte er sie. Es war nicht das erste Mal.

„Mich beruhigen? Dieser Kerl belästigt dich jetzt schon seit Jahren! Vielleicht wäre es das Beste, wenn wir die Polizei rufen."

„Anton, ich weiß noch nicht mal mit Sicherheit ob er es wirklich war. Ich habe immer nur jemanden atmen hören, der Anrufer hat nie etwas gesagt."

Anton hängte seinen Mantel an den Garderobenständer und lockerte seine Krawatte. Kopfschüttelnd ging er an Stacey vorbei. Sarah-Lynn kicherte in ihrer Wiege, als sie zu ihrem Vater aufsah. Antons Gesicht wurde sofort wieder ernst, während er zu Stacey sagte: „Sollte dieser Ace jemals in die Nähe von dir und unserer Tochter kommen, dann vergesse ich meine guten Manieren."

„Er wird nicht hierherkommen."

„Nach allem, was du mir über diesen Kerl erzählt hast, scheint er unberechenbar zu sein. Du hast selbst zugegeben, dass er dir nach seiner Verletzung Angst gemacht hat. Denk nur mal dran, wie er diesen Mitchell zugerichtet hat."

„Das war damals auf der Highschool." Noch während sie sprach, rief sie sich vor Augen, wie Ace im Abschlussjahr einen Mitschüler bewusstlos geprügelt hatte. Aufgrund seiner Knieverletzung hatte Ace sich nur langsam bewegen können, aber die Wut hatte ihn dazu angetrieben, selbst mit schmerzverzerrtem Gesicht unablässig auf den anderen Jungen einzuschlagen.

Versager, so hatte ihn Jimmy Mitchell genannt. Es war nur ein Spruch gewesen, zweifellos dazu gedacht, Ace zu provozieren, so wie er den Quarterback während der gesamten Schulzeit immer gern provoziert hatte. Doch dieses Mal hatte er ihn mit seiner Äußerung wirklich getroffen.

Ace wäre beinahe von der Schule geflogen, nur seinem Sportlehrer hatte er es zu verdanken, dass er seinen Abschluss machen durfte. Jimmy Mitchells Familie erstattete zum Glück keine Anzeige. Ace hatte geweint, während er sich bei seinem Mitschüler für den Wutausbruch entschuldigte. In diesem Augenblick hatte der einstige Stolz der Stuyvesant Highschool verletzlich gewirkt wie ein kleines Kind. Es war das einzige Mal gewesen, dass Stacey ihn hatte weinen sehen.

Ihr würde ein Stein vom Herzen fallen, wenn erst die Telefonnummer geändert war.

~

In früheren Nächten hatte Kevin versucht, sich mit Kaffee wachzuhalten, aber seit seiner letzten Schicht benötigte er dazu kein Koffein mehr. Er fühlte sich hellwach.

Mittlerweile hatte er eine weitere Folge von *T.J. Hooker* gesehen, ohne der Handlung überhaupt zu folgen, und als *Jeopardy!* begann, nahm er nur noch beiläufig wahr, dass sich draußen bei der Pforte ein Obdachloser herumtrieb.

Ständig musste er an Mary Sampson denken, an ihr bleiches Gesicht und wie sehr es zu Lebzeiten dem von Stacey geähnelt haben musste. Er vermisste seine große Liebe sehr. Und erst jetzt, in der Nacht nach seiner Tat, war er fähig, die Dinge – und vor allem sich selbst – mit ihren Augen zu betrachten.

Staceys Augen sind kastanienbraun. Sie blinzelt kein einziges Mal, während sie zusieht, wie er sich an einer Leiche vergeht. Stoß für Stoß. Sie schreit vor Entsetzen und vor Ekel. In ihrem Gesicht spiegelt sich blanke Fassungslosigkeit wider, es will ihr nicht in den Kopf, dass ihr geliebter Ace zwischen den gespreizten Beinen einer toten Frau liegt und seinen Samen in sie ergießt.

Kevin hätte nicht sagen können, warum er so etwas getan hatte – eine Leiche geschändet. Die bloße Lust auf Sex, das Verlangen, weibliche Haut unter seinen Fingern zu spüren, das reichte ihm als Erklärung nicht aus.

Er wusste nicht, ob er sich selbst als geisteskrank bezeichnen sollte. Vielleicht gehörte er ja in die psychiatrische Abteilung des Hospitals. Und er fragte sich, ob die meisten Sexualstraftäter von ähnlichen Gedanken geplagt wurden, ob sie auch das Gefühl von Reue kannten, das Kevin in dieser Nacht verspürte.

Eine Entschuldigung, aufrichtiges Bedauern zeigen, all das war mehr als angebracht, so wie damals bei Jimmy Mitchell. Wenn du Mist gebaut hast, dann stehe dafür gerade.

Normalerweise wäre es Kevin bizarr vorgekommen, sich bei einer Toten zu entschuldigen, aber er musste es tun. Auch wenn es nur dazu diente, sein Gewissen zu beruhigen.

~

Die Toten, die für den Armenfriedhof auf Hart Island bestimmt waren, lagerten oft bis zu einer Woche in der Leichenhalle, bevor sie abtransportiert wurden.

Es war ein Uhr nachts, als Kevin den Fahrstuhl betrat und in das Kellergeschoss des Hospitals fuhr. Um sein linkes Knie nicht noch mehr zu belasten, bewegte er sich nur in langsamen und kurzen Schritten durch den stillen Korridor. Seine Finger umklammerten den Schlüsselbund.

Er fand Mary Sampsons Leichnam noch in derselben Reihe vor, auf derselben Bahre liegend. Wie letztes Mal hob er das Laken an, doch diesmal nur, um ihr Gesicht freizulegen.

Plötzlich hörte er hinter sich Schritte. Kevin zuckte zusammen, mit einer schnellen Bewegung drehte er sich um und stand Dr. Meyers gegenüber. Der Chefpathologe sah ihn mit einer Mischung aus Verärgerung und Abscheu an.

„Was haben Sie hier zu suchen, Mr. Baker?"

„Ich kann alles erklären", sagte Kevin. Es war seine übliche Art, auf Zeit zu spielen, wie er es nannte.

Der Chefpathologe musterte den aufgedeckten Leichnam, ungläubig schüttelte er den Kopf. „Sampson, Mary. Obdachlos, keine bekannten Angehörigen. Gestorben am 07.03.1986. In ihrem Blut wurden Spuren von Alkohol nachgewiesen, sie war betrunken und ging über eine Straße, ohne auf den Lieferwagen zu achten, der sie dann mit einer Geschwindigkeit von etwa 45 Meilen pro Stunde erfasste. Das arme Ding war sofort tot. Wahrscheinlich hatte sie während ihrer Zeit auf der Straße mit vielem gerechnet, aber mit Sicherheit nicht damit, nach ihrem Tod von einem Perversen missbraucht zu werden." Er atmete laut aus. „Als ich Ihnen nachgegangen bin, hatte ich noch vermutet, Sie hätten sich in den Keller zurückgezogen, um ungestört high zu werden, aber das hier sprengt wohl alle Register."

„Sir, es ist nicht so, wie es scheint."

„Das glaub ich kaum. Hat es Ihnen denn zumindest Spaß gemacht? Was auch immer mit Ihnen nicht stimmt, damit soll sich die Polizei befassen."

„Nein, bitte nicht!"

Dr. Meyers wollte eilig die Leichenhalle verlassen, aber Kevin hielt ihn am Arm fest. Sein Griff geriet ihm fester als beabsichtigt. Im Gesicht des Pathologen zeichnete sich Angst ab, er riss sich mit aller Gewalt los, dabei geriet er ins Stolpern. Kevin versuchte ihn vergeblich abzufangen. Dr. Meyers schlug mit dem Kopf gegen den Türrahmen und dann auf dem Boden auf. Kevin hörte das Knacken von Nackenwirbeln. Regungslos blieb der Chefpathologe liegen, der Blick seiner Augen war glasig. Ein Faden dunkelroten Blutes sickerte aus seinem Mund.

Als Kevin sich zu Dr. Meyers hinabbeugte, bemerkte er sofort, dass der Pathologe nicht mehr atmete. Er versuchte den Puls an der Halsschlagader zu erfühlen.

Vergeblich.

~

Die Stunde der Wahrheit ist die Stunde der Wölfe, so lautete eine der vielen Spruchweisheiten von Kevins Grandpa. Jene Worte bedeuteten ganz schlicht und ergreifend, dass niemand sich jemals vor der Wahrheit verstecken konnte.

Es war Kevin gewesen, der letzten Endes die Polizei anrief und den eintreffenden Beamten alles erzählte. Wie lange hätte er sich und den Rest der Welt noch belügen sollen?

Wäre sein Grandpa nicht vor drei Jahren, im Alter von fünfundachtzig Jahren einem Herzinfarkt erlegen, hätte spätestens die Verhaftung seines Enkels wegen des Verdachts auf Totschlag und Störung der Totenruhe dafür gesorgt.

Es gibt Albträume, die wahr werden können, das musste auch Kevin erkennen. Es war immer das Schlimmste für ihn gewesen zu verlieren, zu versagen, die eigenen Stärken nicht ausspielen zu können.

Um einen Anwalt zu bezahlen, war er gezwungen, den Chevrolet zu verkaufen. Auch seine Eltern unterstützten ihn, denn zu jenem Zeitpunkt glaubte sein Vater noch fest an die Unschuld seines Sohnes, und dass sich die ganze Tragödie als schreckliches Missverständnis entpuppen würde.

Während der Gerichtsverhandlung musste Kevin im Saal des Bezirksgerichtshofs all die Blicke von Familienmitgliedern, alten Freunden aus der Highschoolzeit und ehemaligen Mannschaftskameraden über sich ergehen lassen. Während er sein Geständnis ablegte, ging ein Raunen durch den Saal. Alle, die einst voller Stolz und Hochachtung zu ihm aufgesehen hatten, wandten sich jetzt enttäuscht und voller Abscheu von ihm ab. Er war ein Stern gewesen, der vor einer Ewigkeit (so kam es ihm zumindest vor) hell und für viele Leute sichtbar am Himmel erstrahlt war, um wenig später für immer zu erlöschen.

Falls an irgendeinem Verhandlungstag auch Stacey im Saal gewesen war, dann hatte Kevin sie zumindest nicht gesehen. Wahrscheinlich würde er sie nie wieder sehen.

Was den Verdacht auf Totschlag betraf, befand die Jury Kevin für unschuldig, doch in dem anderen Anklagepunkt war das Urteil einhellig. Im Gesicht des Richters zeigte sich eine Mischung aus Ekel und Härte, als er Kevin zu zwei Jahren Haft auf Rikers Island verurteilte, wo er an wöchentlichen Therapiesitzungen teilnehmen musste.

Bereits am zweiten Tag legte sich während des Hofgangs ein Junkie mit Kevin an, um ihn gewaltsam dazu zu zwingen, für eine Gang anschaffen zu gehen. Kevin benötigte zwei Faustschläge, um sich den nötigen Respekt zu verschaffen, der Junkie verbrachte den Rest der Woche mit einem gebrochenen Kiefer auf der Krankenstation. Seitdem mieden die anderen Häftlinge den jungen, breitschultrigen Mann, der bald auf ganz Rikers Island als der *Leichenficker* bekannt war.

Während einer der Therapiesitzungen erzählte Kevin von einem Erlebnis aus seiner Kindheit. An einem Frühlingsmorgen hatte er im hinteren Teil des Gartens einen toten Vogel entdeckt. Der gefiederte Körper war nur klein, dennoch verströmte er einen Verwesungsgestank, der sich schnell ausbreitete. Kevin verspürte den unwiderstehlichen Drang, den Kadaver zu berühren, er musste ihn unter den eigenen Fingern spüren. Er zitterte vor lauter Aufregung. Das leblose Fleisch fühlte sich so kühl an wie die Erde unter seinen Füßen.

Jeden Tag suchte er den Kadaver auf und staunte darüber, wie Mutter Natur sich nahm, was sie begehrte, und wie emsig ihre Helfer am Werk waren – Fliegenschwärme, Ameisen, Würmer –, sie alle fraßen gierig und schon im Herbst lagen nur noch Federn und einige kleine Knochen im Gras.

War es kindliche Neugierde gewesen, die ihn dazu trieb, die Knochen in einer Zigarrenkiste aufzuheben, oder war es bereits ein krankhaftes Verlangen?

Laut seines Therapeuten war während dieser frühen Jahre eine Neigung geweckt worden, die sich schließlich in einer Zeit der Einsamkeit und des Versagens mit sexueller Frustration vermischt hatte – Kevin hatte genug Gelegenheit, um über seine Tat nachzudenken. Aber immer wenn er nachts in seiner Zelle lag und nicht schlafen konnte, gab er sich ausschließlich der Erinnerung an seine Zeit auf der Highschool hin – wie so oft.

Er war mit Stacey zusammen; er war Quarterback und konnte seine Beine ungehindert benutzen, es gab kein kaputtes Knie und keine Schmerzen. Er sah sich über den Rasen des Spielfelds rennen, seine Hände umklammerten den Ball, trugen ihn widerstandslos in die

Endzone. Touchdown! Die Cheerleaderinnen jubelten ihm zu, allen voran seine Stacey.

Kevin hielt an der Vergangenheit fest und an der Hoffnung, die Mauern dieser Zelle so mühelos durchbrechen zu können, wie die Abwehr der gegnerischen Mannschaft.

Nach eineinhalb Jahren Haft wurde er wegen guter Führung entlassen.

TEIL 2

KALTE ERDE

Kevin öffnet die Augen, doch er bemerkt sofort, dass er nicht mehr in seinem Bett liegt. Der Boden unter seinem Rücken ist hart und kalt. Es ist so dunkel, dass er nicht einmal die Hand vor Augen sehen kann.

Erde rieselt auf ihn herab und bleibt auf seinem Körper liegen. Das Atmen fällt ihm schwer. Er tastet mit beiden Händen um sich, fühlt Holz unter seinen Fingerspitzen. Ein Splitter dringt in seine Haut ein, Blut fließt. Es ist so kalt, er will sich zusammenkauern, aber seine Knie stoßen gegen Holzwände.

Er ist gefangen in tiefster Finsternis, er schreit, aber die Erde, die in seinen Mund eindringt, erstickt jeden weiteren Laut.

Seine Stimme verwandelt sich in ein Winseln. „Es ist nur ein Traum."

Plötzlich erklingt eine andere Stimme ganz nahe an seinem Ohr, ihr Klang erinnert ihn an das Knirschen aneinander reibender Glasscherben. „Nein, Ace, das ist kein Traum. Es ist unser beider Realität, komm und finde mich, komm und hol mich ab, führe mich auf die Welt, Vater."

~

Nur kurz dachte Kevin noch an seinen Traum zurück. Während der Zeit in der Haft hatte er oft ähnliche Träume gehabt, immer fand er sich in der Dunkelheit auf engem Raum wieder. Dann erklang manchmal ein Wispern, das sich irgendwann in ein lautes Schnarren verwandelte – in scheinbar unkontrollierte Laute, ausgestoßen von jemandem oder etwas, das er nicht sehen konnte. Doch letzte Nacht hatte er das erste Mal gesprochene Worte in der Dunkelheit gehört.

Wenn er genauer über den Traum nachgrübelte, überkam ihn eine Art Furcht. Schnell verwarf er die Erinnerung daran wieder. In der Realität des Alltags sollte für derlei Gedanken kein Platz sein.

„Möchten Sie noch etwas trinken?“

Kevin sah kurz zu dem Barkeeper auf und nickte. Schon seit einer Stunde saß er am Tresen und verfolgte mit abnehmender Aufmerksamkeit eine Fernsehübertragung des Spiels der New York Giants gegen die Chicago Bears.

„Noch einen Scotch?“

„Ja, aber dieses Mal einen doppelten.“

Patrick's Pub war eine kleine Bar in der Bronx und bot Kevin an vielen Abenden einen Platz, an dem er entspannen konnte. Die Luft war geschwängert mit dem Geruch von Zigarettenrauch und schalem Bier. Die meisten Gäste, die hier einkehrten, wollten unter sich bleiben. Niemand von ihnen beachtete Kevin.

Der Barkeeper goss ihm den Scotch ein. Kevin trank das Glas in einem Zug leer. Scharf rann der Whiskey seinen Rachen hinab.

„Sie sehen aus, als hätten Sie früher selbst gespielt", vermutete der Barkeeper.

„Wie kommen Sie darauf?"

„Ihre Statur, Ihr Gang, die Art, wie Sie das Spiel verfolgen. In meiner Jugend habe ich auch gespielt. Ich erkenne andere Footballspieler sofort."

Ein Lächeln huschte über Kevins Lippen. „Kommt mir vor wie eine Ewigkeit, seit ich das letzte Mal gespielt habe."

„Und, waren Sie gut?"

„Ja, Sir, das war ich. Ich habe als Quarterback für die Stuyvesant Warriors gespielt. Aber der Sport hat mich mein linkes Knie gekostet."

„Wie ist das passiert?"

„So ein Tier von Linebacker hat mich erwischt. Ich war nur noch wenige Yards von der Endzone entfernt. Mein Gott, ich hätte uns den vierten Touchdown hintereinander beschert. Doch dieser Kerl von den Tigers hat mich mitten im Lauf gepackt, wir sind zusammen auf den Rasen gestürzt … ich konnte sein Gewicht auf mir spüren, dann waren da nur noch Schmerzen. Aber verflucht noch mal, das war es wert."

„Ein wahrer Vollblutspieler." Der Barkeeper grinste. „Geht aufs Haus, Mr. Quarterback", sagte er und schenkte Kevin einen weiteren Scotch ein.

Kevin kannte den Barkeeper nicht einmal mit Namen, doch der korpulente Mittfünfziger schien ein Herz für seine Stammgäste zu haben. Wenn Kevin knapp bei Kasse war, ließ er ihn Tage später bezahlen, und auch sonst gab es den einen oder anderen Drink aufs Haus.

Der Abend endete mit einem Sieg der Bears über die Giants mit 34 zu 19 Punkten.

Kopfschüttelnd schaltete der Barkeeper den Fernseher aus. „Verdammter Mist", fluchte er. „Ich habe fünfzig Dollar auf die Giants gesetzt."

„Mal gewinnt man, mal verliert man", seufzte Kevin. Er bezahlte seine Rechnung und legte zwanzig Dollar auf den Tresen mit der Bemerkung: „Jetzt kannst du schon mal einen Teil der Schulden bezahlen."

Der Barkeeper lachte. „Du hast echt Humor, mein Sohn. Und das, obwohl uns die Jungs aus Chicago in den Arsch getreten haben. Aber was soll's."

~

Die Septembernacht war noch immer warm, der Himmel wolkenlos, doch das Licht der riesigen Stadt verdeckte den Blick auf die Sterne. Nur wenige Autos fuhren durch das Viertel. Aus den Kanälen stieg warmer Dunst, nach Fäulnis stinkende Schwaden verschleierten die Sicht. Eine Ratte huschte über den Asphalt und verschwand hinter einem Müllcontainer.

Kevins Wohnung war ganz in der Nähe; er konnte die Entfernung zu Fuß zurücklegen. Solange er sich nicht zu schnell bewegte, verspürte er auch keine Schmerzen im Knie.

Das sechsstöckige Gebäude gehörte der Stadtverwaltung und wurde gezielt an Einwohner mit niedrigem Einkommen vermietet. Die Fassade war so grau wie die Straßen. Die Wohnungen waren klein, aber nach seiner Zeit auf Rikers Island war es besser als nichts. Unter dem Gebäude verlief eine U-Bahn-Linie. Alle fünf Minuten vibrierte der Boden, doch daran hatte sich Kevin längst gewöhnt.

Seine Mutter hatte ihm nach seiner Haftentlassung das Angebot gemacht, er könne zurück in sein altes Jugendzimmer ziehen, zumindest so lange, bis er etwas Besseres gefunden hatte. Kevin hatte abgelehnt. Seit seinem Geständnis vor Gericht sah ihn sein Vater mit anderen Augen, fast als hätte er ein wildes Tier großgezogen. Nach seiner Verurteilung hatten sie nur wenig miteinander geredet. Es war besser für alle, wenn sie ihren Kontakt noch eine Weile ruhen ließen.

Bereits von Weitem sah Kevin, dass sich vor dem Hauseingang die Silhouette einer Person abzeichnete, die ihm zaghaften Schrittes entgegenging. Die Straßenlaternen beleuchteten eine schlanke Frau, ihrer eleganten Kleidung nach stammte sie aus einem vornehmeren Viertel.

„Hallo, Ace.“

Kevins Augen weiteten sich. Er konnte kaum glauben, wer da vor ihm stand.

Stacey.

Das Leben war nicht spurlos an ihr vorbeigegangen, darüber konnte auch ihr Make-up nicht hinwegtäuschen. Zarte Falten zeichneten sich an ihren Augen und Mundwinkeln ab. Ihre Gesichtszüge ließen auf sorgenvolle Tage schließen. Sie sah müde und überarbeitet aus, doch noch immer war ihr jene natürliche Schönheit eigen, die Kevin stets an ihr bewundert hatte und an der er sie immer wiedererkennen würde, vielleicht noch in Jahrzehnten.

„Stacey, ich kann es kaum fassen, dass du hier bist. Wie hast du mich gefunden?“

„Ich habe deine Mom angerufen.“

„Wie lange stehst du schon hier?“

„Knapp zwei Stunden.“

„Mein Gott, diese Gegend ist bei Nacht nicht immer ungefährlich."

„Ich wollte dich aber sehen, Ace. Trotz allem, was passiert ist." Ein Ausdruck schieren Unglaubens und Entsetzens überflog ihre Gesichtszüge.

Kevin wäre vor Scham am liebsten im Boden versunken. „Du weißt davon?"

„Mein Ex-Mann hat mir damals von deiner Verhaftung erzählt."

„Dein Ex-Mann?"

„Anton und ich haben uns vor einem halben Jahr getrennt. Er war nicht gut für mich und das Kind, leider habe ich das erst zu spät gemerkt."

„Wohnst du noch drüben in Jersey?"

„Nein, uptown bei Mom und Dad, aber ich versuche Geld aufzutreiben, um mir eine eigene Wohnung leisten zu können. Dad hat mir bereits Starthilfe angeboten, aber ich will es selbst schaffen, so wie du, Ace."

„Komm erst mal mit rein, Honey."

„Honey?", murmelte sie.

Hatte er sie eben gerade wirklich so genannt? Im Gedanken ohrfeigte er sich selbst dafür. Die alten Zeiten waren vorbei und er verfiel in einen jugendlichen Jargon zurück, der in diesem Moment, an diesem Ort, unpassender nicht hätte sein können. Peinlicher konnte ihr Wiedersehen kaum werden.

Er öffnete die Haustür. Die Treppenhausbeleuchtung spendete nur ein schummriges Halbdunkel, die Hälfte der Glühbirnen war längst ausgebrannt. Der Putz an den Wänden bröckelte an einigen Stellen ab. Die ganze Gegend war für Stacey eine Welt, mit der sie nie viel anzufangen gewusst hatte. Sie war nicht die Frau, die den ganzen Tag über bereit war zu arbeiten. Schon immer war sie von ihren Eltern verwöhnt worden; die Summers zählten zwar nicht zu den ganz Reichen, galten aber zumindest als wohlhabend.

Als sie die kleine Wohnung betrat, sah Stacey sich um. Kevin entging nicht, wie sie seine Lebensumstände zu begutachten begann. Er hatte nur das Nötigste an Möbeln und Kleidung. Vor einer durchgesessenen Couch stand ein Schwarzweißfernseher mit Zimmerantenne. Das Bett im angrenzenden Schlafzimmer war unordentlich, auf dem Nachttisch stand eine halbleere Flasche Bourbon. Um den großen Wandspiegel klebten Dutzende von Fotos aus der Highschoolzeit – den Tagen, die er rückblickend als die besten seines Lebens bezeichnen würde. Stacey trat vor den Spiegel, sie sah sich die Fotos an, auf denen auch sie sehr oft zu sehen war. Kevin und Stacey beim Abschlussball. Ballkönig und Ballkönigin, wie hätte es auch anders sein können. Dieses Bild hatte einige Zeit am Armaturenbrett seines Chevys geklebt. Die Sonneneinstrahlung hatte die Farben ausgebleicht, Staceys blaues Kleid sah beinahe grau aus. Zum ersten Mal, seit sie sich wieder begegnet waren, lächelte sie.

„Oh man, das war eine tolle Zeit", seufzte sie. „Wer hätte gedacht, wie sehr sich nach unserem Abschluss alles verändern würde? Es sind einige Jahre vergangen."

„Du hast mir noch gar nicht erzählt, wie es dir geht und wie dein jetziges Leben so verläuft."

„Es könnte besser sein", sagte Stacey. „Die Scheidung war nicht einfach. Anton hatte die besseren Anwälte. Dieser Mistkerl hat es geschafft sein ganzes Vermögen zu behalten. Er muss nur die Alimente für unsere Tochter zahlen, ich bekomme gar nichts. Deshalb wohne ich bei meinen Eltern im Greenford Building, aber dafür habe ich das Sorgerecht für Sarah-Lynn. Die Kleine ist wirklich klug und kann sogar schon ihren Namen schreiben. Mom und Dad kümmern sich gut um sie, also habe ich Zeit, um zu arbeiten. Es ist zwar nur ein Job an der Supermarktkasse – und mein Vater hasst mich dafür, denn er wollte immer, dass ich mal an der Columbia Universität studiere –, aber es ist ein Anfang, ein Neuanfang."

Sie beendete ihren Rundgang durch die Wohnung und setzte sich auf die Couch. Den Drink, den er ihr anbot, lehnte sie kopfschüttelnd ab. Sie ließ sich in das

Polster zurücksinken und verschränkte die Arme hinter den Kopf.

„Honey“, wiederholte sie. „So hast du mich immer genannt, wenn wir … naja, du weißt schon.“

„Sorry, ich wollte nicht …“

„Schon okay, Ace“, fiel sie ihm ins Wort. „Weißt du, Mom und Dad wissen nicht, dass ich zu dir gefahren bin. Ich habe gesagt, ich bin mit einer Freundin im Kino und übernachte anschließend bei ihr. Ich habe also viel Zeit.“

Stacey lächelte wieder, der Ausdruck in ihren Augen zeugte von Begierde. Sie stand auf, langsam trat sie auf ihn zu. Dann umarmte sie ihn. Bereits der Geruch ihrer Haut brachte Kevin beinahe um den Verstand. Ihr Körper war so warm, so voller Leben. Wie hatte er nur jemals erkaltetes Fleisch berühren können? Er wünschte sich, sie würde ihn niemals wieder loslassen. Es glich einem magischen Moment, als ihre Lippen einander fanden. So sehr er sie auch begehrte, er hielt sich zurück, schämte sich viel zu sehr dafür, dass sie von dem Makel der letzten Jahre wusste.

„Lass uns einfach zurück in die Vergangenheit reisen“, sagte Stacey. „Das wird uns beiden guttun. Wie wäre das, Ace?“

Ohne seine Antwort abzuwarten, zog sie sich aus. Noch immer trug sie gern Spitzenunterwäsche, wie auf der Highschool. Die Schwangerschaft hatte ihre Brüste größer und ihre Hüften breiter werden lassen. Ihre Figur gefiel ihm besser denn je.

„Du bist dran", hauchte sie. „Na los, Ace."

Nur zaghaft öffnete er seine Jeans, Stacey bemerkte seine Erektion. Sie ging vor ihm auf die Knie, ihre Lippen schlossen sich um den Schaft seines Penis. Ihre Zunge glitt warm und feucht über seine Eichel und entlockte Kevin ein tiefes Seufzen. Sie ließ nur von ihm ab, um sich ihm von hinten anzubieten. Kevins Blick tastete ihre Pobacken ab und verharrte schließlich auf ihrem feuchtglänzenden Geschlecht. Sie empfing sein Glied, jetzt war sie es, die seufzte. Seine Stöße waren hart. Staceys Brüste bebten im Takt seiner Bewegungen. Haut klatschte auf Haut, immer schneller, immer fester. Er wusste noch genau, wie sie es mochte. Kevin hörte, wie sie seinen Namen flüsterte, irgendwann schrie sie nach ihm – ein lautes Flehen, nie wieder von ihr abzulassen. Ihr Becken zuckte, Schweißperlen sammelten sich auf ihrem Körper. Die abgestandene Zimmerluft roch längst nach Geilheit, nach Sex, nach Liebe. Wie schon früher gelangten sie gleichzeitig zum Höhepunkt. Nachdem er sich in sie ergossen hatte, glitt sein Glied aus ihr heraus. Stacey ließ sich auf den Boden sinken und rollte sich zu ihm herum. Sie sah ihm in die Augen, dieses Mal hielt er ihrem Blick stand. Noch immer spiegelte sich grenzenloses Verlangen darin. Ihm ging es nicht anders.

Wahrhaftig war dieser Moment, diese Nacht, für Kevin nichts anderes als eine Reise zurück in die besten Tage seines Lebens. Er fühlte sich so gut wie in den Jahren auf der Highschool, er war der Star-Quarterback und mit dem begehrtesten Mädchen der Jahrgangsstufe zusammen. Alles war gut, so verdammt gut.

~

Schwerfälliges Schnaufen in beklemmender Enge. Augen, weit aufgerissen, die dennoch nichts sehen als tiefe Finsternis. Ein Herz, das so hastig schlägt, als wolle es jeden Moment zerplatzen.

Die Erde ist trocken und steinig, Würmer mühen sich hindurch. Plötzlich wird die Stille von lautem Schmatzen gestört, der Geruch von Blut und Fäulnis erfüllt die Luft. Ein Knirschen erklingt, als würden Zähne über nackte Knochen schaben.

„Vater, ich habe Hunger, so entsetzlichen Hunger!“ Es ist die gleiche unangenehme Stimme wie letzte Nacht, ihr Klang sticht in Kevins Ohren.

Er spürt eine Hand, die seine Finger umklammert. Die Berührung ist klebrig und feucht, der Griff ist viel zu fest und schmerzt. Kevin ekelt sich. Er versucht sich loszureißen, aber er kann diese Hand nicht loswerden.

„Hasst du mich etwa, Vater?"

~

Als Kevin am nächsten Morgen in seinem Bett aufwachte, war Stacey nicht mehr da. Die Bettwäsche duftete noch immer nach ihrem Parfüm. Sie musste irgendwann in den frühen Morgenstunden verschwunden sein; auf dem Küchentisch hatte sie einen Zettel mit ihrer Telefonnummer hinterlassen und den Worten *Bis bald!*

Er würde sie also wiedersehen. Es war wie ein Zeichen, ein Wink des Himmels, womöglich sogar ein Geschenk Gottes. Und viel zu viele Worte waren noch unausgesprochen, und die Zeit war gekommen um dies zu ändern. Er musste ihr so bald wie möglich alles erklären. Dass er kein Perverser war, dass keinerlei Gefahr von ihm ausging. Dass er nicht wusste, was ihn damals bewogen hatte, sich an einer Frauenleiche zu vergehen. Und dass er Stacey immer lieben würde.

Ein Blick auf die Uhr rief Kevin allzu schnell die alltäglichen Pflichten ins Gedächtnis. Er hatte noch eine halbe Stunde Zeit, bevor er zur Arbeit musste. Nach der Haftentlassung hatte das Arbeitsamt ihm einen Job im Hafen zugewiesen. Seine Tätigkeit bestand darin, Kisten und andere Güter von den Frachtschiffen abzuladen. Die Arbeit war schweißtreibend, doch konnte er sich glücklich schätzen, dass er bei seiner Vorgeschichte überhaupt wieder einen Job gefunden hatte. Seine Gehaltsabrechnung fiel sogar höher aus als damals im Bellevue Hospital. An manchen Tagen machte die Belastung seinem Knie zu schaffen, aber er verkniff sich den Schmerz und tat, wofür er bezahlt wurde. Durch die körperliche Arbeit hatte er sein altes Kampfgewicht schon nach wenigen Wochen wieder erreicht.

Heute war einer jener Tage, an denen vom Hudson River oft eine kräftige spätsommerliche Brise herüberwehte. Während seiner Schicht bemerkte Kevin immer wieder einen vornehm gekleideten Mann, der am Pier stand – eine in diesem Teil des Hafens eher ungewöhnliche Erscheinung. Er trug einen schwarzen Trenchcoat, der Kragen seines weißen Hemds hob sich deutlich von dem dunklen Stoff ab, eine rote Krawatte schimmerte im Licht der Sonne. Die Schuhe waren frisch poliert und glänzten. Und obwohl die Krempe seines Huts einen Schatten über seine Augen warf, hatte Kevin das Gefühl, dass der Mann ihn beobachtete.

Kevin rang mit sich, ob er den Fremden ansprechen sollte, aber schließlich wollte er dem Vorarbeiter nicht unangenehm auffallen. Erst letzte Woche war ein Arbeiter entlassen worden, nur weil er unerlaubt eine Raucherpause eingelegt hatte.

Nach Schichtende war der Fremde verschwunden.

~

Stacey war sich nicht sicher, ob es ein Fehler gewesen war, Ace wiederzusehen. Aber seitdem sie damals die Beziehung zu ihm beendet hatte, verspürte sie eine Leere in ihrem Leben, die kein anderer Mann je hatte ausfüllen können.

Diese Gedanken beschäftigten sie den ganzen Tag über. Die Schlange der Kunden an Kasse 3 in dem riesigen Wall-Mart Center wurde immer länger, denn Stacey war unkonzentriert und verzählte sich immer wieder beim Wechselgeld.

Sie hatte Anton Baxter zweifellos aus Liebe geheiratet, auch wenn diese Liebe von dem Wunsch nach einem sorgenlosen und sicheren Leben geprägt war. Ihre Gefühle für ihn waren nicht halb so stark gewesen wie für Ace.

Anton war diese Tatsache während der kurzen Zeit der Ehe nicht entgangen, viel zu oft hatte sie ihm Geschichten über den Star-Quarterback erzählt, und von der Tragödie, die seine Footballkarriere beendet hatte. Vielleicht war das der Grund gewesen, weshalb Anton nach der Hochzeit zunehmend reizbarer wurde, wenn sie keine Lust hatte, mit ihm zu schlafen – der Sex mit dem Immobilienmakler hatte sie ohnehin gelangweilt, nicht ein einziges Mal war sie zum Orgasmus gekommen.

Was jedoch noch schlimmer war: Mehr als einmal hatte Anton ihr eine Ohrfeige verpasst, anfangs hatte sie es noch als Ausrutscher abgetan und akzeptiert, doch irgendwann war sie es leid, sich Erklärungen dafür auszudenken, warum ihre Wange wieder einmal geschwollen war. Und erst jetzt begriff sie, dass sie ihre Ehe offenbar nur beendet hatte, um den schwierigen Weg zu ihrer ersten Liebe zurückzufinden.

Auch Ace hatte viele Fehler, und noch immer konnte Stacey nicht begreifen, was ihn damals dazu getrieben hatte, sich in einer dunklen Nacht an einer Leiche zu vergehen. Schon der Gedanke daran ließ sie erschaudern. Aber ganz gleich, was er auch getan hatte, welche Triebe ihn beherrscht hatten, er hatte Stacey niemals angeschrien, hatte sie nie geschlagen oder auf irgendeine andere Art und Weise verletzt.

Ihre Eltern hielten bis heute nicht viel von Ace. Besonders Staceys Vater, Abteilungsleiter eines Konzerns in New Jersey, hatte schon damals keine guten Worte für einen jungen Mann übrig gehabt, dessen einziges Ziel im Leben eine Karriere als Quarterback war. Er hatte Kevin einen Traumtänzer genannt, einen Spinner, und ihm das vorzeitige Ende seines großen Traums prophezeit.

Stacey war sich sicher, Dad würde sie dafür hassen, dass sie zu Ace zurückgekehrt war. Aber Liebe zu geben und gleichermaßen zu empfangen war ihr wichtiger als Antons Geld und das schöne Haus drüben in Jersey. Und wer vermisste schon all die versnobten Leute, die dem Immobilienmakler ständig ihren Stolz auf dessen Erfolge vorgeheuchelt hatten?

Verdammt, es war kein Fehler, zu Ace zurückzukehren. Wahre Liebe konnte niemals ein Fehler sein.

~

Kaum hatte Kevin seine Wohnung betreten, als er auch schon die Telefonnummer wählte, die Stacey ihm am Morgen hinterlassen hatte. Er hörte die raue Stimme ihres Vaters am anderen Ende der Leitung. Charles Frederick Summers war über Kevins Anruf nicht erfreut und gab ihm den Rat, wenn er Stacey wirklich liebte, dann solle er sich von ihr fernhalten.

Stacey verdient etwas Besseres als dich!

Die gleiche Phrase hatte Kevin während ihrer Beziehung schon tausend Mal hören müssen. Väter wollten immer nur das Beste für ihre Töchter, und das hatte Kevin auch respektiert, aber verdammt noch mal, Stacey war freiwillig zu ihm gekommen, sie war wirklich und wahrhaftig nach all den Jahren zu ihm zurückgekehrt. Und sie würde Kevin auch wieder in der Bronx besuchen, dessen war er sich sicher.

Geduld war nie eine seiner Tugenden gewesen. Noch während er sich zum Abendessen eine halbe Pizza von vorgestern in der Mikrowelle aufwärmte, sah er immer wieder auf die Uhr, und ständig erwartete er ein Klingeln an der Tür.

Vor allem nach Sonnenuntergang schien die Wohnung immer schmaler und bedrückender zu werden, so dass es ihn oft aus dem Haus trieb. Die Welt vor seiner Haustür mit ihren endlosen Straßen, den tiefen Häuserschluchten, den vielen Kneipen und Bars war immer seine wahre Heimat gewesen.

Bevor Kevin jedoch hinausging, klebte er an seine Wohnungstür einen Zettel mit der Aufschrift: *Bin in Patrick's Pub an der Ecke. Dein Ace.*

~

„Wer hat da eben angerufen, Dad?", rief Stacey durch die Wohnung. Sie legte die kleine Sarah-Lynn auf den Wickeltisch im Badezimmer. Das Kind sah seine Mutter mit großen blauen Augen an und gluckste.

Stacey war das Klingeln des Telefons nicht entgangen, nur Sekunden darauf hatte sie ihren Vater mit jemandem reden gehört. Es war kein friedliches Gespräch gewesen.

Ihr Vater reagierte nicht auf die Frage.

„Dad?

Stacey hörte seine Schritte auf den Marmorfliesen im Flur, kurz darauf stand er vor ihr. Charles Summers lächelte wie immer, wenn er Sarah-Lynn sah. „Wie geht's meiner Enkelin?", fragte er.

„Deine Enkelin hat zu Abend für zwei gegessen, und gleich geht sie zufrieden und gut gelaunt ins Bett. Wer war da am Telefon, Dad?"

„Jetzt gerade? Ach, da hatte sich nur jemand verwählt."

„Dafür habt ihr aber ziemlich lange miteinander gesprochen."

Der eben noch zufriedene Ausdruck im Gesicht von Charles Summers wich einer Art von Resignation. „Na gut, es war dieser Ace Baker. Er hat nach dir gefragt."

„Warum hast du mich nicht geholt?"

„Du warst mit der Kleinen beschäftigt und außerdem sage ich dir ja jetzt, dass er angerufen hat.“

„Du konntest ihn noch nie leiden, stimmt’s?“

„Was heißt hier leiden? Dieser Kerl ist ein Perverser, jeder weiß, was sich damals im Bellevue Hospital abgespielt hat. Schlimm genug, dass meine Tochter an einer Supermarktkasse arbeitet, jetzt fang nicht auch noch wieder mit diesem Ace Baker an. Wenn du einen Mann willst, dann hättest du in Jersey bleiben sollen. Anton hat wenigstens ein Ziel im Leben, er kann dir was bieten.“

„Anton hat mich geschlagen, Dad, das weißt du genau.“

Charles Summers wich dem Blick seiner Tochter aus. „Es tut mir leid, aber dieser Ace ist nicht gut für dich. Wenn deine Mutter davon erfährt, wird sie entsetzt sein.“

„Worüber werde ich entsetzt sein, Charlie?“ Die Stimme von Staceys Mutter Glenda klang im Vergleich zu der ihres Vaters warm und verständnisvoll. Mit demselben anfänglichen Lächeln wie Charles betrat sie das Badezimmer, dabei wanderte ihr Blick zwischen ihrer Enkelin, ihrem Mann und Stacey hin und her. „Also raus mit den Neuigkeiten. Wer von euch redet zuerst mit mir?“

Charles schüttelte mürrisch den Kopf. „Unsere Tochter trifft sich wieder mit Ace Baker."

Die Miene von Glenda erstarrte. „Ich dachte, du wüsstest inzwischen besser, was du willst."

„Völlig richtig, Mom. Ich weiß es sehr gut, vielleicht zum ersten Mal in meinem Leben. Ich bringe jetzt eure Enkelin ins Bett, danach fahre ich zu Ace."

~

Der Barkeeper blickte nur mürrisch drein, als Kevin sich auf den Barhocker am Tresen setzte. „Na, Mr. Quarterback, es ist immer noch ein Jammer, was die Giants gestern Abend durchmachen mussten, nicht wahr? Daran werde ich noch einige Tage zu knabbern haben."

„Ruhig Blut, es geht schon wieder aufwärts."

„Warum hab ich nur das Gefühl, dass das bei dir gerade der Fall ist? Siehst glücklicher aus als sonst. Hat unser Mr. Quarterback einen Touchdown erzielt?"

„Touchdown", sagte Kevin grinsend. Er bestellte ein Bier. Es waren noch nicht viele Gäste hier; drei davon spielten Billard, ein anderer Mann bearbeitete fluchend den Flipperautomaten. Am anderen Ende des Raums saß an einem kleinen Tisch ein Gast, der sich aufgrund seiner vornehmen Kleidung von den übrigen

Gästen merklich unterschied. Es war derselbe Mann, den Kevin am Nachmittag im Hafen gesehen hatte.

Dem Barkeeper entging sein Blick nicht. „Komischer Heiliger", flüsterte er Kevin zu. „Vor einer Stunde kam der hier rein, ohne ein Wort zu sagen, legte seinen Hut auf den Tisch und starrte vor sich hin. Er bestellt nichts, kein Bier, keinen Whiskey, gar nichts. Nicht einmal seinen Mantel hat er ausgezogen. Wäre mein Schuppen nicht so leer, hätte ich ihn längst vor die Tür gesetzt."

„Er sieht nicht aus, als wolle er Ärger machen."

„Nein, eher wie einer von diesen Wallstreettypen, er trägt ne goldene Uhr am Handgelenk, wahrscheinlich von Rolex, und schau sich einer diese polierten Schuhe an. Als Barmann rechnet man ja hier mit allem möglichen, aber dass ich je so einen Snob hier drin sehen würde, hätte ich nie geglaubt."

Kevin nippte an seinem Bierglas, er sah noch einmal zu dem Tisch zurück. Plötzlich stand der Mann auf, nahm seinen Hut vom Tisch und näherte sich dem Tresen mit langsamen Schritten.

Erst jetzt sah Kevin sein Gesicht aus der Nähe: Es war schmal geschnitten, mit kantigen Wangen und einer Hakennase. Das graue Haar war zu einem Scheitel gekämmt. Im schummrigen Licht der Bar wirkten seine

Augen außergewöhnlich dunkel. Als er grinste, blitzte in seinem Mund ein goldener Eckzahn auf.

Der Barkeeper verschränkte mürrisch die Arme über der Brust. „Na, Mister, wollen Sie jetzt vielleicht was bestellen?"

„Guten Abend", sagte der Mann zu Kevin, dem Barkeeper schenkte er keinerlei Beachtung.

„Sollte ich Sie kennen, Mister?", fragte Kevin.

„Wohl kaum. Bitte erlauben Sie mir, dass ich mich Ihnen vorstelle. Mein Name ist Nicholas Mandrake."

„Was wollen Sie von mir?"

„Ich bin in einer dringenden Angelegenheit hier, Mr. Baker, oder darf ich Sie Ace nennen?"

„Woher kennen Sie meinen Namen?"

„Es ist völlig egal, woher ich manche Dinge weiß. Natürlich könnte ich es dir erzählen, Ace, aber du würdest mir wahrscheinlich nicht glauben."

„Ich habe Sie heute im Hafen gesehen, Sie haben mich die ganze Zeit bei der Arbeit beobachtet." Kevins Puls hämmerte bereits wieder. Er sah Mandrake unverwandt in die Augen.

„Ich bin hier, weil dich die Vergangenheit eingeholt hat."

„Verdammte Witzfigur", brummte Kevin. „Es ist besser, du verpisst dich." Er stand von seinem Barhocker auf und machte einen Schritt auf Mandrake zu. Beinahe berührten sich ihre Nasenspitzen.

Der Barkeeper beobachtete seine beiden Gäste mit zunehmender Nervosität. „Ich will keinen Ärger in meinem Schuppen", sagte er. „Quarterback, du setzt deinen Arsch jetzt wieder auf den Hocker und trinkst dein Bier. Und Sie, Mister, hören auf, meine Stammkundschaft zu belästigen und verschwinden von hier."

Noch immer beachtete Nicholas Mandrake den Barkeeper nicht. Auch als sich der Gast am Flipperautomaten in das Gespräch einzumischen begann, galt seine ungeteilte Aufmerksamkeit einzig und allein Kevin.

Der seltsame Gast verzog keine Miene, dann sagte er: „Ace, alles im Leben hat Konsequenzen. Du bist im Knast gelandet, weil du etwas getan hast, was deine Saufkumpane in diesem schäbigen Loch hier sicher brennend interessieren würde. Und ich bin nur hier, um dir zu zeigen, was inzwischen geschehen ist."

Kevin schnaufte vor Wut. Er packte Mandrake am Arm und zog ihn mit sich zum Ausgang. Vor der Bar schleuderte er ihn an die Hauswand. Bei jeder Bewegung schmerzte sein Knie. Kevins Faust schoss nach vorne und grub sich in Mandrakes Bauch. „Was willst du von mir, Dreckskerl?" Bevor er ihn ein weiteres Mal zu fassen bekam, griff Mandrake unter seinen Mantel und zog eine Pistole. Das verchromte Metall der Waffe blitzte bedrohlich im Licht der Straßenlaterne. Er presste Kevin den Lauf direkt an die Stirn.

„So, Ace, genug der Höflichkeiten. Wir beide werden jetzt einen kleinen Ausflug machen."

„Verdammt, nehmen Sie die Waffe runter. Was haben Sie vor, wohin wollen Sie mit mir?"

„Das wirst du schon noch sehen, Bürschchen." Mandrake grinste wieder. In seinem Mund funkelte der Goldzahn wie das kalte, bedrohliche Auge eines Raubtiers.

~

Mandrake trieb Kevin auf der Straße vor sich her. Sobald Kevin nicht schnell genug ging, drückte er ihm den Lauf der Waffe fest und auf schmerzhafte Weise in den Rücken. Es war ruhig in der Gegend, kein Auto fuhr an ihnen vorbei, und auch sonst begegneten ihnen keine Menschen. Hinter den Fenstern der meisten Häuser brannte Licht, manchmal zeichneten sich die Konturen ihrer Bewohner darin ab. Kevin hoffte inständig, dass seine Nachbarn einen zufälligen Blick hinaus auf die Straße warfen und bemerkten, wie er von einem Fremden mit einer Waffe bedroht wurde. Normalerweise dauerte es gut eine Viertelstunde, bis die Polizei nach einem Notruf diese Gegend erreichte.

Auf einmal bemerkte Kevin einen schwarzen Chevrolet Caprice Classic, der auf der anderen Straßenseite parkte. Mandrake stieß ihn direkt auf das Fahrzeug zu, und Kevin glaubte seinen Augen nicht zu trauen: Das war sein Wagen gewesen. Sogar die kleine Delle am rechten Kotflügel, deren Reparatur er sich nicht hatte leisten können, war noch vorhanden. Er atmete tief durch, dann drehte er sich zu Mandrake um.

„Geh weiter, Ace."

„Was wird hier gespielt, woher haben Sie den Wagen?"

„Gekauft", antwortete Mandrake knapp.

„Der Wagen hat früher einmal mir gehört."

„Und jetzt gehört er dir wieder, zumindest solange ich es will. Du fährst, alles andere wäre unangebracht. Und mach beim Einsteigen keine Dummheiten, ich bin ein guter Schütze und verpasse dir einen Bauchschuss, ehe du dich versiehst. Dann krepierst du ganz langsam und qualvoll."

Mandrake fasste in die Tasche seines Mantels, dann warf er Kevin den Autoschlüssel zu und deutete mit der Pistole auf die Fahrertür.

Kevin dachte an nichts anderes als zu fliehen, aber sogar als er in den Wagen stieg, war der Lauf der Waffe auf ihn gerichtet, und nicht für eine Sekunde nahm Mandrake den Finger vom Abzug.

Kevin ließ sich auf dem Sitz zurückfallen. Was hatte das alles zu bedeuten? Und wohin wollte der Fremde mit ihm?

„Fahr los, Ace, ich sage dir, wo es lang geht."

Kevin schüttelte nur den Kopf. „Sie knallen mich doch sowieso früher oder später ab, ist es nicht so?" Er hatte zu viele schlechte Filme gesehen, um sich etwas anderes vorstellen zu können.

„Du hältst dich für mutig, Ace?"

„Ja, und jetzt drücken Sie den Abzug und bringen es endlich hinter sich. Na los, Sie Bastard!" Er kniff beide Augen fest zusammen in Erwartung eines sofortigen Schusses.

Mandrake lachte. „Du bist wahrlich mutig, sehr mutig sogar. Aber jetzt sage ich dir was: Wenn du nicht losfährst, dann suche ich deine reizende Freundin und ihre Eltern in Uptown auf. Ich war schon lange nicht mehr in der Park Avenue."

Kevin fühlte einen Stich im Herzen. Dieser Mann wusste zu viel über ihn und hatte seinen einzigen wunden Punkt zu schnell entdeckt.

„Mr. Mandrake, ziehen Sie Stacey da nicht mit rein. Bitte. Um was es auch immer gehen mag, es betrifft nur uns. Okay?"

„Das Mister kannst du dir sparen, Ace. Du darfst mich Nick nennen, Old Nick. Und jetzt fahr verdammt noch mal endlich los!"

~

Krampfartig umschlossen Kevins Hände das Lenkrad, seine Fingernägel gruben sich in den Kunststoff. Das Geräusch des Motors drang wie aus weiter Entfernung an sein Ohr. Unter anderen Umständen hätte er die Fahrt genossen, mit dem Gaspedal gespielt – immerhin war der Chevy ebenfalls ein bedeutender Teil guter alter Zeiten. Doch jetzt wünschte er sich nichts sehnlicher, als endlich aus diesem Albtraum zu erwachen. Widerstandslos nahm er Mandrakes Anweisungen zur Kenntnis und fuhr mit ihm durch leere Straßen und Gassen. Ganz bewusst versuchte sein Entführer, die Hauptverkehrsstraßen zu meiden.

Schon bald wichen die grauen Häuserreihen den Grasflächen, Bäumen und Sträuchern des Pelham Parks. Der Pelham Parkway erstreckte sich in Richtung Westen und mündete in die Shore Road, die über die Pelham Bridge hinwegführte. Sie bogen schließlich nach rechts in die City Island Road ein. Nach fast einer Meile hielt

der Chevy kurz vor einer weiteren Brücke am Straßenrand.

„Aussteigen", sagte Mandrake zu Kevin.

Als Kevin das Fahrzeug verließ, schlug ihm die sal-
zige Seeluft entgegen, es roch faulig. Das unangenehme
Gefühl in seiner Magengrube verstärkte sich, als er den
Holzsteg sah, der sich vom Ufer auf das Wasser erstreckte, und das kleine weiße Boot mit dem Außen-
bordmotor. Von den Wellen bewegt, schlug der Rumpf
gegen die Holzpfähle, es war das einzige Geräusch weit
und breit.

„Beweg deinen Arsch in das Boot", befahl Mandrake. „Wir fahren rüber nach Hart Island. Potter's Field
erwartet dich."

~

Stacey hatte die U-Bahn an diesem Abend ganz bewusst
gemieden. Nach dem Streit mit ihrem Vater wäre ihr der
Aufenthalt in einem überfüllten Waggon wie die Hölle
vorgekommen – die Menschen, das Gedränge, die vielen Stimmen. Sie war so aufgebracht, dass sie es kaum
wagte, anderen in die Augen zu sehen. Sie wollte nur
noch bei Ace sein.

Doch ein Taxi zu nehmen erwies sich zumindest an
diesem Abend als schlechte Entscheidung. Nach kaum

fünf Minuten endete ihre Fahrt in einem Stau. Wegen eines Unfalls im Feierabendverkehr war eine Kreuzung komplett gesperrt worden. Fast eine Stunde verbrachte Stacey auf dem Rücksitz des Wagens.

Umso größer war ihre Enttäuschung, als sie den Zettel an Kevins Wohnungstür vorfand. Nach all den Strapazen hatte sie das Haus in der Hoffnung betreten, Ace endlich wiederzusehen. Aber der Kerl verbrachte den Abend lieber an einem Bartresen. Vor Wut schossen Stacey Tränen in die Augen, sie riss den Zettel von der Tür und zerknüllte ihn.

Ihr war die kleine Spelunke an der Ecke der nächsten Kreuzung schon bei ihrem letzten Besuch aufgefallen. Es würde ihr nichts anderes übrig bleiben, als zu Patrick's Pub zu gehen. Was tat eine Frau wie sie nicht alles für ihn?

Während sie das Halbdunkel des Hausflurs wieder verließ und die Straße entlangging, beschleunigte sie ihre Schritte. Kevin hatte sicher nicht Unrecht gehabt, als er sie gewarnt hatte, wie gefährlich die Bronx bei Nacht sein konnte. Sie sah sich immer wieder um, nur um feststellen zu müssen, dass sie allein war.

Ihre Verärgerung verflog durch den Gedanken an Kevins Berührungen. Obgleich sie sich bewusst war, dass es die gleichen Hände waren, die in einem Anfall von krankhafter Begierde die Haut einer Toten gestreichelt hatten. Sie fragte sich, ob sie in der Lage wäre, jene Tatsache irgendwann vollständig auszublenden. Ein kurzer Schauder kroch über ihren Rücken, als sie sich vorzustellen versuchte, was er sonst noch mit der Leiche angestellt hatte.

Vor der Bar hing der schwere Gestank von Urin und Abfällen in der Luft. In Nähe der Mülltonnen tummelten sich Ratten und Schaben. In solchen Momenten war sie wieder der verwöhnte Teenager aus Uptown, der die hässliche Seite des Lebens so gut wie nie kennengelernt hatte.

Es kostete sie Überwindung, den Pub zu betreten. Der Dunst von Zigarettenrauch, der ihr entgegenschlug, als sie die Tür öffnete, brannte in ihrer Lunge und brachte sie zum Husten. Der Raum war voll mit Gästen, die Barhocker am Tresen allesamt besetzt, ebenso die meisten Tische. Ace jedoch war nirgendwo zu sehen.

Ein betrunkener Gast rempelte Stacey an; eine aufreizend gekleidete Frau, deren Gesicht von einer dicken Schicht Make-up bedeckt war, musterte sie misstrauisch. Irgendwann erregte Stacey die Aufmerksamkeit des Barkeepers. Der breitschultrige ältere Mann winkte sie zum Tresen heran.

„Schätzchen, wie hast du dich denn hierher verlaufen?"

Stacey zuckte zusammen; schon als sie die Bar betreten hatte, war ihr klar gewesen, wie sehr sie hier auffallen musste. Ihre Kleidung und ihre Mimik verrieten, dass sie in diesem Teil der Bronx völlig fremd war.

„Ich suche meinen Freund. Er hat mir eine Nachricht hinterlassen, dass er hier ist."

Der Barkeeper musterte sie noch einmal kritisch. „Wie heißt denn dein Freund, Kleine?"

„Ace, äh, Kevin Baker." Nachdem sie dem Barkeeper Kevins Aussehen und seinen hinkenden Gang beschrieben hatte, deutete er ein Nicken an.

„Ex-Footballspieler, richtig?"

„Ja."

„Ich habs ja gewusst, Mr. Quarterback ist ein echter Glückspilz." Er zwinkerte ihr zu. „Kleine, dein Freund ist beinahe jeden Abend hier. Er spricht nicht viel, trinkt nur sein Bier oder manchmal auch Scotch. Aber heute Abend tauchte plötzlich so ein Snob hier auf, der Kerl war überaus fein rausgeputzt und fing Streit mit deinem Freund an. Die beiden sind dann vor die Tür gegangen und nicht wieder reingekommen."

Ein Gast am Tresen beugte sich zu Stacey hinüber. Sie schätzte ihn auf knapp achtzig Jahre, er war der älteste Mann in der Bar und rauchte seit ihrer Ankunft bereits die dritte Zigarette. Der Aschenbecher vor ihm quoll über vor Zigarettenstummeln. Seine Zähne waren so gelb wie seine Fingernägel. „Ich habe diesen Snob schon mehrmals gesehen", sagte er. „Seit einigen Tagen treibt er sich wieder hier in der Gegend herum." Bei jedem Wort, das er aussprach, roch sie seine Alkoholfahne. „Er hat schon lange Gefallen an der Bronx gefunden, denn es gibt viele Sünder hier. Seit meiner Kindheit lebe ich hier in diesem Viertel, deshalb weiß ich, was Sache ist. Seit Jahrzehnten geht das schon so, immer trägt er die gleiche Kleidung, stilvoll und nobel. Und er sucht sich Menschen aus, die einiges auf dem Kerbholz haben."

„Wovon reden Sie, Mister?"

„Des Menschen Herz ist der Sünde Heim,

drum lausche still diesem uralten Reim:

Vom Mann, der umgeht, bei Tag und bei Nacht,

den die Hölle gesandt, mit gar schrecklicher Macht.

Er ist der Wolf in der Herde von Schafen,

er ist erschienen, die Sünder zu strafen.

Denn wie du auch wandelst, was immer du tust,

welchen Weg du beschreitest, in wessen Betten

du ruhst,

dafür zahlst du den Preis, all dein Hab und dein Gut,

deine Seele, dein Leben, dein Fleisch und

dein Blut."

„Was für einen Mann meinen Sie? Ist dieser Kerl irgendein Gangster?“

„Viel schlimmer, Kindchen. Dieser Kerl ist niemand anderes als Old Nick.“

„Old Nick?“

„Ja, niemand auf der ganzen Welt ist gefährlicher als er, Old Nick ist der Teufel.“

~

Der Bootsmotor röhrte auf und durchbrach die Stille, der schmale Rumpf zog eine Schneise durch das Gewässer des Long Island Sounds. Nebelschwaden flogen an Kevin und Mandrake vorbei.

Hart Island, der Name ließ Kevin erschaudern. Damals, während seines Jobs als Nachtpförtner des Bellevue Hospitals hatte ihm der Chefpathologe erzählt, was mit den Leichen von Obdachlosen geschah.

Sie werden drüben auf Hart Island landen, ohne Totenmesse, ohne Grabstein.

Mary Sampson lag hier begraben. Jetzt fügten sich die ersten Teile des Puzzles zusammen, doch noch immer blieb für Kevin unklar, warum Mandrake so viele Mühen auf sich nahm, um ihn an diesen verlassenen Ort zu bringen. Jedenfalls schien dieser Mistkerl die Entführung lange im Voraus geplant zu haben. Wahrscheinlich hatte er Kevin schon seit einigen Tagen beobachtet, um seine Gewohnheiten auszuspionieren.

Mehr als einmal spielte Kevin mit dem Gedanken, einfach über Bord zu springen, aber die Strömung in diesem Gewässer war unberechenbar und das Wasser viel zu kalt – es wäre einem Selbstmord gleichgekommen. Und so war er den Launen eines Psychopathen weiterhin hilflos ausgeliefert.

In westlicher Richtung schälte sich die kleine Insel aus der Dunkelheit hervor. Das Mondlicht tauchte mehrere Ruinen in seinen fahlen Schein, aus deren Mitte sich der alles überragende Schornstein eines alten Kraftwerks wie ein Monolith erhob.

„Hart Island, das schmutzige Geheimnis dieser Stadt", verkündete Mandrake mit einer Mimik, die ihn wie einen Theaterschauspieler auf einer Bühne erscheinen ließ. „Diese kleine Insel spiegelt das große Leid der Lebenden und der Toten wider. Ihre Geschichte ist lang, Ace, lass mich dir ein klein wenig davon erzählen. Nach Ende des Bürgerkriegs befand sich hier ein Gefangenenlager für konföderierte Soldaten. Ausgezehrte hungernde Männer stinken entsetzlich, soviel kann ich dir sagen. Für ihre Freiheit haben einige von ihnen ihre Seele verkauft. Nur wenige Jahre später wurden hier über tausend unbekannte Tote begraben. Es gab keinen Grabstein, doch ich weiß genau, an welchem Fleck Erde ihre Leiber zu Staub wurden.

1870 diente die Insel als Quarantänegebiet für die Erkrankten einer Gelbfieberepidemie, sie kotzten und schissen so schwarz wie Pech und düngten den Leichenacker aufs Neue.

Ende des 19. Jahrhunderts gab es hier sogar ein Irrenhaus, Schreie erklangen Tag und Nacht, und manchmal, in ganz besonderen Nächten, da hallen sie noch immer nach, wie die Klänge einer Symphonie in einem alten Opernhaus.

Dann folgte ein Heim für Tuberkulosekranke. Hast du jemals gesehen, wie Menschen Blut auf die Laken ihrer Betten husten? Schon damals hielt ich die Muster, die dabei entstehen, für große Kunst. Schon immer war Hart Island ein Ort für die Verstoßenen, für die Unerwünschten, für die Ärmsten der Armen, für all jene, die, lebendig oder tot, keinen Platz in der Gesellschaft fanden."

„Sie sind wahnsinnig." Kevin schüttelte verständnislos den Kopf.

Das Boot legte an einem flachen Ufer an, Steine und Sand knirschten unter dem Kiel. Mandrake knipste eine Taschenlampe an, deren Lichtkegel die nähere Umgebung erhellte. Erst jetzt bemerkte Kevin die Plane, die an Deck lag, und unter der Mandrake eine Spitzhacke und einen Spaten hervorholte. Als er Kevins fragenden Blick sah, entgegnete er: „Ich werde mir meinen Anzug ganz bestimmt nicht mit Dreck versauen. Also schau mich nicht so an, du bist doch ein starkes Bürschchen."

Kevin ergriff den Spaten und die Spitzhacke. Er spielte heimlich mit dem Gedanken, seinem Entführer damit den Schädel einzuschlagen. Doch Mandrake schien mit derartigen Angriffen zu rechnen und hielt immer ausreichend Distanz zu Kevin.

Hart Island war ebenerdig und bot eine unerwartet reichhaltige Vegetation. Die Silhouetten von Sträuchern und Bäumen zeichneten sich sanft im Mondschein ab. Nebelschwaden verschleierten andere Teile des Eilands, es herrschte absolute Stille. In der Ferne brannten die Lichter New Yorks, als seien sie Teil einer anderen Welt.

Kevin kam sich so verloren vor wie nie zuvor in seinem Leben. Was immer auch bald geschehen würde, was immer er gezwungen war zu tun, er begann damit zu rechnen, diese Insel nicht lebend zu verlassen.

Mandrake begann wieder zu sprechen, Kevin hasste den hohen Klang seiner Stimme. „Potter's Field heißt dich willkommen! Wie du als ehemaliger Insasse von Rikers Island weißt, ist es Aufgabe der Häftlinge, die Toten hier zu begraben und in seltenen Fällen auch zu exhumieren. Aufgrund deiner Vergangenheit bliebst du damals von diesen Arbeiten verschont. Wie obszön wäre es selbst in einer Stadt wie New York gewesen, wenn du auf dem Acker herumstolziert wärst, in dessen Erde jene Leiche begraben liegt, die du obendrein noch gefickt hast. Entbehrt es nicht einer gewissen Ironie, dass du heute Nacht doch noch hierher gelangst?"

„Halten Sie Ihr verdammtes Maul!", brüllte Kevin. Seine Hände waren zu Fäusten geballt. „Was für ein Spiel spielen Sie mit mir? Warum tun Sie mir das an, Sie verdammter Bastard?"

„Nicht doch, Bürschchen", tadelte ihn Mandrake. „Mein Name ist nicht Bastard. Wie ich dir schon mal gesagt habe, kannst du mich Old Nick nennen." Der drohende Blick des Mannes erinnerte Kevin nicht nur daran, dass Stacey in Gefahr schwebte, wenn er Widerstand leistete. Mandrake hob den rechten Arm an und zielte mit der Pistole auf Kevins Kopf. „Du bist heute Nacht hier, Ace, weil es ein Gesetz aus uralter Zeit verlangt. Jetzt beweg deinen Arsch genau dreiunddreißig Schritte in Richtung Osten. Und dann gräbst du nach Mary Sampsons Leichnam und findest die Antwort auf all deine Fragen."

~

Alles, was man sich über diesen Friedhof erzählte, entsprach tatsächlich der Wahrheit. Weder gab es Grabsteine oder Mausoleen noch Blumenkränze und sonstigen Grabschmuck. Und bei den Beerdigungen war nie ein Segensspruch erklungen, geschweige denn hatte es Tränen der Trauer von Hinterbliebenen gegeben.

Kevin begann zu graben. Seit Tagen hatte es nicht mehr geregnet, das Erdreich von Potter's Field war hart und trocken. Er musste mehrere Schläge mit der Spitzhacke ausführen, um die Erde aufzulockern.

Schweißperlen sammelten sich auf seiner Stirn. Er grub immer tiefer, dann stieß er mit dem Spaten auf Holz. Er hatte einen Sarg entdeckt – einen von vielen. Die Pinienholzplatte war brüchig und an einigen Stellen längst eingefallen. Darunter befand sich ein größerer Hohlraum als Kevin vermutet hatte. Plötzlich zeichnete sich eine Bewegung in der Erde ab. Kevin schrie auf.

Irgendetwas schob die Holzteile beiseite und entblößte die stark verweste Leiche von Mary Sampson. Die Reste ihrer Haut waren schwarzgrau verfärbt, ihr halbes Gesicht und die Schultern von allem Fleisch befreit. Ihre Beine standen in einem unnatürlichen Winkel vom Beckenknochen ab, als seien sie ausgekugelt worden. In ihrem Unterleib beherbergte eine klaffende Wunde die Überreste einer mit Maden gefüllten Fruchtblase. Neben dem Leichnam lag ein zusammengekauertes Ding von menschlicher Statur. Noch immer war es durch eine graue Nabelschnur mit der Toten verbunden. Es zuckte zusammen, als es die kalte Nachtluft in seinen Lungen spürte.

„Herzlichen Glückwunsch, Ace", sagte Mandrake. „Du bist Vater geworden."

„Nein, oh mein Gott, nein." Kevin schüttelte den Kopf, er wich einen Schritt zurück, während er das Ding mit weit aufgerissenen Augen musterte.

Es streckte seine Glieder von sich, als sei es aus einem langen Schlaf erwacht und wirkte nun beinahe so groß wie ein erwachsener Mensch. Es hatte keine Haut; sein rotes, feuchtglänzendes Fleisch lag vollständig frei, die Knochen schimmerten hindurch. Geflechte von Adern und Sehnen überzogen den Leib wie ein bizarres Kunstwerk. Der Kopf fuhr langsam zu Kevin herum, Augen ohne Lider stachen als milchigweiße Kugeln aus einer Fratze hervor, die vereinzelt sogar die Gesichtszüge seines Erzeugers aufwies. Der Unterkiefer bewegte sich, durch die fehlende Haut wirkte der Mund riesig, zwei Zahnreihen lagen frei, dahinter regte sich eine Zunge wie eine Muräne in ihrer Höhle.

„Vater!" Es sprach mit einer Stimme, die Kevin an das Knirschen von aneinander reibenden Glassplittern erinnerte. Er hoffte auf einmal, er würde das alles nur träumen; doch so sehr er sich auch bemühte, endlich aufzuwachen, sein Verstand verriet ihm letzten Endes, dass alles, was geschah, die nackte Wirklichkeit war.

Mandrake trat neben Kevin, er lächelte zufrieden und sagte: „Aus Begierde gezeugt, aus dem Tod geboren. Aus jedem Samenkorn entsprießt neues Leben. Vater, erblicke deinen Sohn."

„Wie ist so etwas möglich?"

„Auch ein toter Leib kann den Samen des Lebens empfangen, und in der Dunkelheit des Grabes ist so mancher Zauber möglich."

„Sie wahnsinniger Bastard, was reden Sie da? Sie haben von Anfang an gewusst, dass dieses Ding in dem Grab auf mich lauert. Sie haben das alles genau geplant, Sie verdammter Teufel. Aber wie konnten Sie so etwas wissen?"

„Möglicherweise bin ich der Teufel, Ace, der Herr über alle Kreaturen der Nacht, die von der Menschheit geschmäht werden. Vielleicht habe ich alles geplant; vielleicht habe ich auch jenen Trieb in deinen Kopf gepflanzt, der dich in einer finsteren Nacht diese willenlose Leiche besteigen und das Kind zeugen ließ. Ja, Bürschchen, möglicherweise ist diese ganze Geschichte hier das Endresultat meines Spiels, vielleicht liegt es aber auch einfach in deiner Natur, Frauenleichen zu ficken."

Kevin heulte vor Wut, als er mit dem Spaten zuschlug, er traf Mandrakes rechten Arm. Ein Schuss peitschte durch die Nacht und traf ins Leere, bevor die Pistole den Fingern des Entführers entglitt. Mandrakes Gesicht verformte sich zu einer Grimasse, die das Blut in Kevins Adern gefrieren ließ. Dennoch schlug er ein weiteres Mal zu, traf den Kopf seines Entführers und hörte deutlich, wie der Schädelknochen brach. Mandrake sackte zusammen. Die Taschenlampe rollte über den Boden, der Lichtkegel tanzte über der Grube, um schließlich auf der Kreatur zu verweilen.

Langsam erhob sich das Ding aus dem Grab, rotschimmernde Sehnen arbeiteten auf bleichen Knochen. Schnaufend atmete es die Luft durch klaffende Nüstern ein. Dann sah es seinen Erzeuger unverwandt an. Irgendwo hinter jenen weißen Augäpfeln wähnte Kevin eine unheimliche Intelligenz, etwas Abnormes, völlig Fremdartiges, das zu grenzenloser Bösartigkeit fähig war.

Er hob die Pistole vom Boden auf und legte auf die Kreatur an. Noch ehe sein Finger den Abzug berühren konnte, fühlte er den festen Griff von Mandrakes Hand an seinem linken Knie. Drahtige Finger schlossen sich um das empfindliche Gelenk. Kevin schrie, als ihn der Schmerz wie ein Blitz durchzuckte. Blindlings feuerte er dreimal auf Mandrake, dann lockerte sich die Berührung.

Sofort wandte sich Kevin wieder der Grube zu, aber die Kreatur war verschwunden. Frische Fußabdrücke im Erdreich führten hinaus in die Dunkelheit von Hart Island.

„Ace of Spades", flüsterte Mandrake. „Was bist du doch für ein mutiges Bürschchen. Was wirst du wohl als nächstes tun?" Blut quoll aus seinem Mund. Die Schüsse hatten ihn zwei Mal in die Brust und einmal in den Bauch getroffen. Selbst jetzt noch war er nicht um sein übliches Grinsen verlegen. Bevor er an seinen Verletzungen starb, warnte er Kevin eindringlich: „Wenn du nicht fähig bist, dein eigenes Kind zu lieben, dann wird es all diejenigen hassen, denen deine Liebe gilt."

TEIL 3

KALTES LEBEN

War da eben ein Geräusch gewesen? Schlurfende Schritte in der Dunkelheit, ein Schnaufen? Kevin verspürte eine Gänsehaut, mit beiden Händen hielt er den Griff der Pistole fest umklammert, sein Zeigefinger glitt über den Abzug. Er spähte in die Ferne zu der Ruine des alten Kraftwerks. Nebelschwaden umspielten den Schornstein. Eine Gruppe Sträucher wiegte sich in einem Windstoß, die Blätter der wenigen Bäume raschelten.

Die Nacht konnte einem verängstigten Mann so manchen Streich spielen, nicht nur Kinder konnten sich dem Glauben an Monster hingeben. So viele Menschen grübelten in einsamen, späten Stunden darüber nach, was sich alles in der Dunkelheit herumtrieb. Kevin hingegen wusste es: Das Ding, die Kreatur, jene Spottgeburt, die er selbst erschaffen hatte.

Längst hatte er begriffen, dass die Träume der Vergangenheit, in denen in tiefster Finsternis Leichen verfaulten, auf dass ihr Fleisch einem Monster als Nahrung diente, nichts anderes gewesen waren als eine Botschaft eines Sohnes an seinen Vater:

Komm und finde mich, komm und hol mich ab, führe mich auf die Welt, Vater.

Es kostete Kevin einige Überwindung, das Eiland nicht sofort zu verlassen. Aber er konnte diese Kreatur nicht am Leben lassen, egal in welcher Verbindung er zu ihr stand. Ein solches Wesen zu lieben, war für ihn momentan ein schlimmeres Verbrechen, als einen Menschen getötet zu haben.

Er hob die Taschenlampe vom Boden auf. Innerhalb des breiten Lichtkegels konnte er die Spuren der Kreatur deutlich erkennen, ihr linker Fuß hinterließ eine Furche in der Erde. Anscheinend zog sie das eine Bein nach, hinkte ebenso wie ihr Erzeuger. Er folgte ihr bis zu einem Ziegelsteingebäude – ein Vorbau des alten Kraftwerks. Der Wind blies durch scheibenlose Fenster und leere Räume, es glich einem Heulen – vielleicht waren es, wie Mandrake erzählt hatte, ja tatsächlich die letzten nachhallenden Schreie jener Wahnsinnigen, die früher hier an ihre Betten gekettet vor sich hinvegetiert hatten.

Durch ein Loch in der Wand trat Kevin in das Gebäude ein, die Luft roch modrig. Da erklang es wieder, das Schnaufen. Er leuchte mit der Taschenlampe durch den Raum, erfasste die Kreatur. Für den Bruchteil einer Sekunde glaubte Kevin, er erblicke eine aufs bizarrste karikierte Version seines Spiegelbildes. Noch immer vermochte er nicht zu akzeptieren, dass sie beide nahezu die gleichen Gesichtszüge, die gleichen markanten

Wangenknochen besaßen. Doch abrupt wandte sich das Wesen ab, hielt beide Hände vor die Augen. Es kannte keine Helligkeit, wie würde erst der Tag für eine solche Kreatur zu ertragen sein?

„Habe ich dich endlich gefunden", flüsterte Kevin.

„Vater", zischte das Wesen. Wie ein verängstigtes kleines Kind kauerte es sich in einer Ecke des Raumes zusammen. Aus seinem Rücken ragte die Wirbelsäule wie ein gezackter Kamm empor. Immer wieder wiegte es den Oberkörper vor und zurück.

„Ich bin nicht dein Vater", entgegnete Kevin. Seine Stimme hatte zu ihrer gewohnten Festigkeit zurückgefunden. Er richtete die Pistole auf das Ding, dann schoss er.

Für eine Sekunde tauchte das Mündungsfeuer den Raum in grelles Licht, der Knall ließ das Heulen alter Gespenster verstummen. Irgendwo bröckelten Steine aus einer porösen Decke, Staub wirbelte auf und behinderte Kevins Sichtfeld. Weitere drei Mal schoss er auf die Kreatur.

Inmitten von Geröllmassen erblickte Kevin das feuchtglänzende Fleisch eines regungslosen Leibes. Als weitere Teile der Decke einstürzten, war er gezwungen, zurückzuweichen und das Gebäude zu verlassen.

Er wartete noch einige Minuten vor dem Eingang. Da sich die Kreatur weder zeigte, noch irgendwelche

Laute verursachte, ließ er die Pistole sinken. Obwohl er noch nie mit einer Waffe geschossen hatte, war er sich sicher, aus einer solch kurzen Entfernung getroffen zu haben. Die Kreatur war ganz gewiss tot. Er fühlte sich erleichtert.

Er schob die Pistole in den Hosenbund und ging zurück zu dem Grab von Mary Sampson.

Kevin konnte nicht leugnen, wie leicht es ihm gefallen war auf dieses Wesen zu schießen und wie kaltblütig er Mandrake getötet hatte. Aber wer würde einem verurteilten Straftäter glauben, dass er nur in Notwehr gehandelt hatte?

Wer würde ihm überhaupt eine solche Horrorgeschichte glauben?

Mörder würden ihn die Leute wahrscheinlich nennen und für das einzige Monster halten, das sich in dieser Nacht auf Hart Island herumgetrieben hatte.

Schon einmal war er im Gefängnis gelandet, weil er geglaubt hatte, dass Ehrlichkeit in dieser Welt etwas bedeutete.

Die Stunde der Wahrheit ist die Stunde der Wölfe.

In Zukunft bestimmte nur er, was die Wahrheit war. Männer wie er hatten ihre Geheimnisse, das war gut so, und er würde eines Tages damit leben können. Mandrake würde verschwinden, in einer Großstadt wie New York verschwinden schließlich jeden Tag Menschen.

Er zog den toten Mann in die Grube und ließ ihn auf den Leichnam von Mary Sampson fallen. Ausdruckslos starrten Mandrakes Augen in den Himmel empor, die Pupillen schienen sich pechschwarz verfärbt zu haben. Sein Mund stand weit offen, und wie ein erlöschender Stern blitzte der Goldzahn ein letztes Mal im Schein der Taschenlampe auf.

Ein Gefühl von Genugtuung erfüllte Kevin, als er den von Schusswunden gezeichneten Körper seines Entführers mit Erde bedeckte. Doch auch viele unbeantwortete Fragen nahm dieser Mann mit ins Grab.

Wer war er? Woher kam er? Und wie konnte er von dem Wesen im Grab wissen, wie konnte ein Mann wie Mandrake überhaupt so viel wissen?

Vielleicht war er wirklich der Teufel – dann war der Teufel jetzt eben tot. Mausetot.

„Auf Nimmerwiedersehen, Old Nick", flüsterte Kevin. „Du elender Hurensohn."

~

Wo war Ace? Diese Frage beschäftigte Stacey unaufhörlich. Sie stand vor Patrick's Pub, die Augen voller

Tränen, empfand sich als das Opfer eines besonders schlechten Scherzes.

Der alte Trunkenbold am Tresen hatte ihr erzählt, dass sich Ace in der Gewalt des Teufels befinde. Sein Atem hatte nach Bier, Schnaps und Erdnüssen gerochen. Wäre da nicht jener Ausdruck von Ernsthaftigkeit und Furcht in seinen Augen gewesen, hätte Stacey ein jedes seiner Worte als Geschwätz abgetan. Sie glaubte zwar nicht an den Teufel, aber dafür an die Boshaftigkeit der Menschen. Viel zu viele von ihnen waren zu furchtbarsten Taten bereit. Und in der Bronx hatte es jemand auf Ace abgesehen.

Es war längst Mitternacht. Seit der Barkeeper den Streit zwischen Ace und Old Nick miterlebt hatte, waren Stunden vergangen.

Er sucht sich Menschen aus, die etwas auf dem Kerbholz haben.

Ace war kein schlechter Mensch. Er hatte Fehler gemacht, aber das lag lange zurück, und es gab schlimmere Taten, von weitaus schlimmeren Menschen begangen. Man brauchte nur einen Blick auf die Krisenländer der Welt zu werfen.

Er war damals ganz offensichtlich psychisch krank gewesen. Derartige Erkrankungen konnten zumindest geheilt werden. Vorausgesetzt, der Betroffene war tatsächlich an einer Genesung interessiert.

Sie erinnerte sich daran, wie er während des letzten Jahres auf der Highschool einen streunenden Hund mit dem Chevy überfahren hatte. Er war zu schnell unterwegs gewesen, Stacey saß auf dem Beifahrersitz und ermahnte ihn ständig, langsamer zu fahren. Irgendwann war es dann passiert. Das dumpfe Geräusch des Aufpralls hatte sie aufschreien lassen.

Auch Kevin stand der Schrecken ins Gesicht geschrieben. Er stieg aus und sah den Kadaver auf der Straße liegen. Ein großer, haariger Fetzen Fleisch, dessen Blut sich in einer Lache auf dem Asphalt ausbreitete. Der Tod des Tieres tat ihm leid, dass konnte Stacey an seinem Gesichtsausdruck ablesen. Schon immer war er wie ein offenes Buch für sie gewesen (zumindest war sie damals davon überzeugt). Doch in seinen Augen funkelte auch eine gewisse Neugierde, eine Art von Faszination, denn er betrachtete den toten Hund auf eine andere Weise als sie oder sonstige Menschen das getan hätten.

Auch bei seinem Wutausbruch gegenüber Jimmy Mitchell hatte sich Ace als eine ganz andere Person entpuppt; als jemand, der gefährlich sein konnte. Eventuell hatte Stacey ihn auch nie wirklich gekannt, diese Möglichkeit musste sie durchaus in Betracht ziehen.

Dass sie erst nach all der langen Zeit darüber nachzudenken begann, was er noch alles getan haben könnte und wovon sie nichts wusste, war eher ihrem Aufenthalt in der Bronx geschuldet als ihrer bescheidenen Lebenserfahrung. Gegenden wie diese waren alles andere als ein Schlaraffenland und konfrontierten die Menschen mit der harten Schule des Lebens. Aber Stacey konnte nicht leugnen, dass diese Abrechnung mit all jenen Erlebnissen längst überfällig war.

Mittlerweile ging sie mutterseelenallein auf dem Bürgersteig auf und ab wie eine Prostituierte, die verzweifelt auf einen Freier hofft. Die Luft, die sie einatmete, war eine penetrante Mischung aus Zigarettenrauch, schalem Bier, Kotze, Abfällen und dem Gestank aus der Kanalisation. Wie hatte ein sehnsuchtsvoll erwarteter Abend nur so schäbig enden können?

„Oh Dad, ich hätte wirklich zuhause bleiben sollen", flüsterte sie. Sie ging noch einmal in den Pub zurück, um ein Taxi zu rufen, das sie wieder uptown brachte.

~

Am liebsten hätte Kevin vor Freude gesungen, während er mit dem Boot Hart Island verließ und auf die Lichter der Stadt zusteuerte. Nebelschwaden umspielten ihn während der Fahrt wie neckende Gespenster in einer Geisterbahn.

Seine Hände zitterten. Er warf die Pistole über Bord. Immerhin handelte es sich um eine Mordwaffe.

Es blieb ihm nichts anderes übrig als Verschwiegenheit zu bewahren, Hart Island war nun auch sein eigenes schmutziges Geheimnis.

Endlich gelangte er zurück zu dem Bootssteg an der City Island Road. Der schwarze Chevrolet stand noch immer am Straßenrand.

Kevin hatte den Schlüssel stecken lassen, ohnehin hatte er beim Verlassen des Wagens nicht mehr damit gerechnet, jemals wieder zurückzukehren. Jetzt fuhr er so schnell wie möglich los und ließ auch den Pelham Park hinter sich.

Die Fratze des Dings, seines ungewollten Kindes, hatte sich fest in seinen Verstand eingebrannt. Es war zwar tot, doch es würde ihn heimsuchen, wann immer er die Augen schloss.

Er hatte während seines Jobs im Bellevue Hospital die Pathologen und Gerichtsmediziner darüber reden gehört, dass nach dem Tod Haare und Fingernägel weiterwachsen konnten, doch das erklärte in keinerlei Weise die Existenz eines solchen Wesens.

*Auch ein toter Leib kann den Samen des Lebens emp-
fangen, und in der Dunkelheit des Grabes ist so mancher Zauber möglich.*

Er erinnerte sich an jene Nacht vor knapp zwei Jahren,
in der er, getrieben von seiner Lust, in die Leichenhalle
gegangen war. Wie er die bleichen Schenkel von Mary
Sampson gespreizt hatte, um sich mit ihr zu vereinigen.
Heute verursachte ihm bereits der Gedanke daran nur
Übelkeit. Er würde sich einen kräftigen Schluck Bourbon gönnen, wenn er erst wieder in seiner Wohnung
war.

Stacey! durchfuhr es ihn. Wahrscheinlich war sie
am Abend so spontan in die Bronx gefahren wie beim
letzten Mal, in der Hoffnung ihn zu sehen. In wenigen
Minuten würde er zu Hause sein, so viel Zeit blieb ihm
noch, um sich eine Erklärung auszudenken, weshalb er
weder in seiner Wohnung noch in Patrick's Pub gewesen war.

~

Das Wasser im Long Island Sound war kalt, aber das
störte *Es* nicht. Unermüdlich schwamm *Es* voran und
trotzte der Strömung, die seine Beine umspielte. *Es*

folgte der Spur des Vaters, konnte seinen Geruch in der Luft wittern. Er war mit dem Boot auf das andere Ufer zugefahren, dort wo sich unzählige Gebäude am Horizont erhoben und tausende Lichter schimmerten.

Nur ungern hatte *Es* seine Mutter in der Erde verlassen, auch wenn sie nichts als kaltes Fleisch gewesen war – regungslos, ohne ein schlagendes Herz, ohne Wärme, ohne Stimme, ohne Atem. In der Dunkelheit des Sarges hatte *Es* von ihrem Fleisch gegessen, bitter und zäh war ein jedes Stück gewesen. Morsch waren ihre Knochen gewesen, über deren fahle Oberfläche seine Zähne geschabt hatten.

Vater hingegen war ganz anders. Er lebte. *Es* sehnte sich nach seiner Nähe, wollte ihn berühren, die Wärme seines Leibes unter den Fingern spüren. Begleitet von einem Gefühl der Freude hatte *Es* das Blut im Leib des Vaters riechen können und wollte den süßen, roten Trank auf seiner Zunge schmecken.

Doch der Vater hatte sein Kind bei der ersten Begegnung mit Abscheu angeblickt und war sogar zurückgewichen. Er hatte versucht, ihm wehzutun, *Es* zu verletzen. Was hatte *Es* nur getan, dass sein Vater einen solchen Groll gegen das eigene Kind hegte?

Noch während *Es* in der Dunkelheit des Grabes herangewachsen war, hatte es von ihm geträumt. Und seit

Es aus dem Bauch der Mutter herausgebrochen war, war ein jeder Gedanke dem Vater gewidmet.

Das andere Ufer war steinig und steil. Mit beiden Händen zog *Es* sich aus dem Wasser, sein linkes Knie schmerzte bei dieser Bewegung. Das Licht der Straßenlaternen blendete seine Augen, doch nach und nach gewöhnte *Es* sich daran. Diese neue Welt war voller unbekannter Reize – Geräusche aus allen Himmelsrichtungen, tanzende Lichter in verschiedensten Farben, riesige graue Bauten, der Geruch von viel lebendigem, warmem Fleisch.

Es folgte der Spur des Vaters über den Asphalt, der Geruch wurde schwächer, dennoch witterte *Es*, in welche Richtung er sich entfernt hatte. Das poröse Kniegelenk knackte nun im Takt schneller Bewegungen und sandte Wellen von Schmerzen durch jeden Teil seines Körpers.

~

Kevin erkannte die junge Frau vor Patrick's Pub sofort. Er trat auf die Bremse, mit quietschenden Reifen hielt der Wagen an. Stacey zuckte zusammen. Kevin stieg aus dem Chevy. Der Blick, den sie ihm zuwarf, war alles andere als freundlich, sie war wütend.

„Verdammt, Ace, ich habe den ganzen Abend auf dich gewartet."

„Es tut mir leid", sagte er. „Ich kann dir alles erklären."

„Wo hast du dich herumgetrieben? An deiner Hose und deinen Schuhen klebt überall Erde. Oh mein Gott, ist das Blut an deiner Jacke?"

Zu spät bemerkte Kevin die tiefroten Spritzer auf der Brust und an den Ärmeln. Das Blut stammte zweifellos von Mandrake. Alles was er jetzt wollte, war Stacey umarmen, sie ganz fest an sich drücken und ihr sagen, dass alles gut war, doch sie wich zurück. Der Ausdruck in ihrem Gesicht versetzte ihm einen Stich ins Herz, sie sah ihn plötzlich genauso an wie damals all die Leute im Gerichtssaal. Er hielt sie am Arm fest. Sie versuchte, sich loszureißen.

„Die Leute in der Bar haben mir erzählt, dass du Streit mit einem Kerl namens Old Nick hattest. Ihr seid zusammen gegangen, und jetzt tauchst du hier auf und hast auch noch Blut und Dreck an deiner Kleidung."

Kevin erstarrte. „Wer hat dir diesen Namen gesagt?"

„Einer der Trunkenbolde am Tresen. Er sagte, Old Nick sei gefährlich."

„Was hat er noch gesagt?"
„Old Nick sei der Teufel."

Kevin schüttelte ungläubig den Kopf. „Es gibt keinen Teufel", flüsterte er.

„Wer ist dieser Mann, Ace? Sei gefälligst ehrlich zu mir. Ist das Blut an deiner Jacke von ihm? Müssen wir beide ab jetzt in Angst leben?"

„Beruhige dich. Niemand wird uns etwas tun, Darling, und nichts wird jemals wieder zwischen uns stehen."

„Außer die Polizei?"

„Was redest du denn da?" Ein quälender Verdacht stieg in ihm hoch. „Mein Gott, Stacey, hältst du mich etwa für einen Killer?"

„Ich hatte hier draußen genügend Zeit, um über so vieles nachzudenken. Und jetzt gerade weiß ich nicht, wofür ich dich halten soll." Sie holte tief Luft. „Wenn mein Taxi kommt, fahre ich nach Hause. Vielleicht hatten meine Eltern ja recht was dich angeht. Vielleicht hatten sie alle recht."

„Fahr nicht, bitte." Kevin zog sie zu sich heran, er sah ihr in die Augen. Da war noch immer Zuneigung, noch immer Liebe und Verlangen. Er küsste sie, seine Hand glitt in ihre Hose und fand unter ihren Slip. Seine Fingerspitzen spürten die Feuchtigkeit zwischen ihren Beinen. Widerwillig schob sie seine Hand beiseite.

„Kevin, nicht jetzt und nicht hier."

„Du nennst mich immer nur Kevin, wenn ich Mist gebaut habe.“

„Du hast großen Mist gebaut!“

„Dann gib mir noch eine Chance, komm schon.“

„Typen wie du reden immer nur von neuen Chancen. Wie wäre es zur Abwechslung, wenn ihr sie auch mal nutzen würdet?“

Minutenlang standen sie eng umschlungen, niemand von ihnen sprach ein weiteres Wort. Wenigstens diesen Moment ihrer Nähe hätte Kevin am liebsten für immer bewahrt. Nur wenige Meter vor dem Chevy am Bürgersteig hielt ein Taxi. Trotz der späten Uhrzeit hupte der Fahrer zwei Mal.

„Es ist soweit“, sagte Stacey.

„Bleib bei mir.“

„Ich kann nicht.“

„Werde ich dich wiedersehen?“

„Ich weiß es noch nicht.“

Kevin ließ sie los. Er wusste, dass er kein Recht hatte, sie davon abzuhalten ihn zu verlassen. Angesichts der jüngsten Ereignisse kam ihm sogar der niederschmetternde Gedanke, dass sie ohne ihn besser dran war. Allein die Zeit würde zeigen, ob neben unzähligen Erinnerungen letzten Endes nur noch ein Foto von ihr an seinem Wandspiegel im Schlafzimmer zurückbleiben würde.

Tränen standen in seinen Augen, als sie in das Taxi einstieg. Vom Rücksitz aus widmete Stacey ihm noch einen letzten Blick, dann fuhr das Fahrzeug los und die Rücklichter verschwanden hinter der nächsten Abzweigung.

Plötzlich hörte er Schritte in der Nähe. Es klang wie nackte Füße, die über den Asphalt tapsten. Irgendwo klapperte eine Mülltonne. Aus den Dampfschleiern, die aus einem Kanalschacht aufstiegen, schälte sich die Silhouette einer Gestalt hervor. In gebeugter Haltung lief sie die Straße entlang. Weil sie das linke Bein nachzog, verlagerte sie bei jedem Schritt das Gewicht ihres Oberkörpers. Diese schwankenden Bewegungen ließen sie beinahe wie einen Betrunkenen erscheinen, doch dafür war sie viel zu schnell.

Als die Gestalt den Lichtkegel einer Straßenlaterne durchquerte, glänzte ihr hautloses Fleisch. Nur kurz sah die Kreatur zu Kevin zurück, der Blick milchigweißer Augen durchbohrte ihn. Das Maul öffnete sich und sandte ihm einen grollenden Laut zu, so voller Zorn.

„Nein“, keuchte Kevin. „Das kann nicht sein, du bist tot. Ich habe dich getötet.“

Er erschauderte am ganzen Körper, und Mandrakes letzte Worte suchten seinen Verstand heim wie ein böser Geist, der ihm zeigte, dass Furcht bei Weitem mehr war als nur ein Gefühl.

Wenn du nicht fähig bist, dein eigenes Kind zu lieben, dann wird es all diejenigen hassen, denen deine Liebe gilt.

„Stacey!"

~

Der Geruch der Frau war süßlich, angenehm, lieblich. Ihr Blut und ihr Fleisch würden köstlich schmecken. Geifer quoll zwischen seinen Zähnen hervor und ergoss sich auf den Asphalt.

Der Vater mochte die Frau sehr, hatte sie sogar umarmt und geküsst. Und er hatte geweint, als sie ihn verließ. Wie sehr wünschte *Es* sich, dass er derartige Gefühle auch für sein Kind hegte, dass er ihm Worte oder Tränen widmete.

War es ihr Herz, das er so liebte, oder ihr Gesicht, oder die Form ihres Körpers? Wenn *Es* jeden Teil von der Frau gefressen hatte, wenn *Es* ihren Leib und alles, was sie einst war, in sich trug, dann musste der Vater sein Kind lieben.

Die Spur ihres Geruchs zog sich durch die Straßen, zuweilen schwächer werdend, doch *Es* musste nur den Lichtern des Fahrzeugs folgen.

~

Wie hatte er aus einer Entfernung von wenigen Metern nur danebenschießen können? Oder hatte er getroffen, und die Kreatur hatte die Schüsse einfach überlebt?

„Wie hast du mich nur finden können, du Monster", murmelte er vor sich hin.

Hart Island lag zwar keine zehn Meilen entfernt, doch für ein Wesen, das erst vor Kurzem einem Grab entstiegen war und eine Welt betreten hatte, die es nicht kannte, war es fast unmöglich, eine solche Entfernung zurückzulegen. Die Kreatur hatte ihn verfolgt wie ein Bluthund seine Beute. Sie hatte ihn aus einer dunklen Gasse heraus beobachtet, er konnte nur mutmaßen wie lange sie schon dagewesen war und was sie alles gesehen und gehört hatte. Sie wusste um seine Liebe zu Stacey.

Kevin war nicht entgangen, wie das Wesen seine Nüstern in die Luft empor gereckt hatte, um Witterung aufzunehmen. Es musste über besonders feine Sinne verfügen.

Derartige Gedankengänge hätten ihn noch am vergangenen Nachmittag in Gelächter ausbrechen lassen. Jetzt nahm er sie als völlig selbstverständlich hin.

Der Chevrolet Caprice Classic raste die Straße entlang, Kevin fuhr viel zu schnell. In den meisten Kurven schlitterte er auf die entgegengesetzte Spur. Zu seinem Glück waren die Straßen in der Bronx zu so später Stunde fast völlig leer. Beinahe stieß er frontal mit einem alten Ford zusammen, beim Ausweichen rammte er mehrere Mülltonnen, deren Inhalt sich scheppernd über den Bürgersteig verteilte. Nachdem er in eine Gasse abbiegen musste, streifte der Chevy eine Hauswand. Das Quietschen von Metall auf Stein war auch im Inneren des Wagens ohrenbetäubend.

Kevin hatte der Zustand des Fahrzeugs immer sehr am Herzen gelegen und die vielen Beulen, Dellen und Katzer hätten ihm früher Tränen in die Augen getrieben, aber jetzt war das anders. Jetzt ging es um das Leben seiner großen Liebe.

Wenn dieses Monster Stacey in seine Gewalt bekam, dann würde es sie zurichten wie die Leiche von Mary Sampson. Sollte er noch vor dem Wesen in Uptown sein, dann musste er sich gut überlegen, wie er Charles Frederick Summers und seiner Frau Glenda den Grund seines späten Besuchs erklärte. Immerhin war es nach Mitternacht.

Während ihrer Beziehung war Kevin nur einmal bei Staceys Eltern zu Besuch in Uptown gewesen. Aufgrund der Antipathie, die ihr Vater für ihn empfand, hatte er jegliche Nähe zu ihren Eltern vermieden, außerdem hatte er die Upper East Side nie sonderlich gemocht.

Die Wahrscheinlichkeit, dass Charles als erster zur Wohnungstür ging, war hoch. Der alte Sturkopf würde einen Wutausbruch bekommen, sobald er Kevin erblickte.

Plötzlich flackerte im Rückspiegel Blaulicht auf, ein Polizeiwagen hatte die Verfolgung des Chevys aufgenommen und fuhr immer dichter auf. Kevin dachte nicht daran, anzuhalten. Es war ihm gleichgültig, ob er am Ende dieser Nacht wieder in irgendeinem Gefängnis landete. Stacey war jetzt alles, das ihm noch etwas bedeutete.

~

Seit zwei Jahrzehnten arbeitete Max Rushton bereits als Concierge des Greenford Buildings in der Park Avenue. Er kannte alle Bewohner des zwölfstöckigen Wohnhauses, bei denen es sich zumeist um Familien handelte. Er hatte Stacey Summers in den letzten Tagen häufig gesehen. Die junge Frau war nach einer gescheiterten Ehe zu ihren Eltern zurückgekehrt. Für gewöhnlich grüßte sie Max und blieb kurz an der Rezeption stehen, um zu fragen, wie es ihm ging. Diesen herzlichen Charakterzug hatte sie zweifellos von ihrer Mutter. Aber heute Nacht war sie ungewöhnlich spät zurückgekommen und wortlos an ihm vorbeigegangen; sie hielt ihren Blick gesenkt und wischte sich die Tränen mit einem Taschentuch aus dem Gesicht. Wahrscheinlich wollte sie nicht, dass jemand sie weinen sah, doch Max war ihr Kummer nicht entgangen.

„Armes Mädchen.“

Er kannte sie seit ihrer frühesten Kindheit, hatte sie aufwachsen sehen, und fragte sich, was ihr wohl zugestoßen war. Einer jungen, naiven Frau wie Stacey konnte New York sogar eine Menge scheußlicher Dinge antun.

Hatte die Ärmste ihren Job verloren? Ihr Herz? Max konnte darüber nur mutmaßen. Der Art ihres Schluchzens nach war sie vermutlich irgendeinem Kerl verfallen, der sie eiskalt abserviert hatte.

Er lief über den weinroten Teppich der Eingangshalle, noch immer hing ein leichter Hauch von Staceys Parfüm in der Luft und wehte bis zu den Aufzügen. Erst jetzt bemerkte er, dass sie einen ihrer Ohrringe verloren hatte – echtes Silber mit einem kleinen glitzernden Zierstein. Er musste ihr heruntergefallen sein, als sie sich durch die Haare gestrichen hatte.

Max bückte sich, um ihn aufzuheben. Plötzlich hörte er, wie sich die Eingangstür öffnete. Er wollte sich umdrehen, doch etwas sprang ihn an und riss ihn zu Boden. Er blieb auf dem Bauch liegen. Auf seinem Rücken lastete ein schweres Gewicht und hielt ihn fortwährend unten. Max sah nur einen verzerrten Schatten, dann spürte er einen heißen Schmerz in seinem Nacken. Es gab ein Geräusch, wie wenn ein Ast zerbricht, und Taubheit breitete sich schlagartig in seinem Körper aus. Er wollte schreien, unendlich laut schreien, aber seine Stimme war wie gelähmt.

Lautes Schnaufen erklang, dann ein Knurren. Ein Hund, dachte Max, es ist ein Hund. Alles, was er von da an noch hörte, waren lautes Schmatzen und das Reißen von Fleisch und Muskeln. Es roch wie in dem Schlachthaus in Hell's Kitchen, in dem er in jungen Jahren hatte arbeiten müssen, um seiner Frau und seinem damals neugeborenen Sohn ein Heim bieten zu können. Erst jetzt erinnerte er sich wieder daran. Er war damals so froh gewesen, dass er die freie Stelle als Concierge in der Upper East Side bekommen hatte und dem Gestank von Blut entkommen war. So viel Blut …

~

Charles Summers schlug die Augen auf. Wieder einmal war er auf der Couch vor dem Fernseher eingeschlafen. Er hörte Schritte auf dem Flur, dann ein leises Weinen.

„Stacey, bist du das?“

„Schlaf weiter, Dad.“

Der Klang ihrer Stimme verriet Charles alles über den Kummer seiner Tochter. Er hatte befürchtet, dass ihre Rückkehr in die Arme von Kevin Baker in Tränen enden würde. Er stand von der Couch auf und rieb sich die Augen. Seine korpulente Gestalt spiegelte sich im Panoramafenster des Wohnzimmers. Dann ging er auf seine Tochter zu.

Staceys Make-up war durch die Tränen verschmiert und hatte dunkle Ringe um ihre Augen gemalt. Sie hängte ihre Jacke an der Garderobe auf und machte sich auf den Weg in ihr Zimmer.

„Stacey, warte doch bitte.“

Sie blieb auf dem Flur stehen und drehte sich zu ihrem Vater um. „Bitte, Dad. Ich möchte jetzt allein sein.“

„Meine Kleine, ist alles in Ordnung?“

Sie nickte.

„Das ist doch gelogen. Ich weiß genau, wenn meine Tochter etwas auf dem Herzen hat. Es ist wegen diesem Ace, nicht wahr? Was ist geschehen, hat er dir etwas angetan?“

„Ach, Dad, Ace würde mir nie etwas antun. Es ist nur so, dass wir einfach nicht mehr zusammenpassen.

Und wer weiß, vielleicht haben wir noch nie so richtig zueinandergepasst."

„Das habe ich dir von Anfang an immer gesagt, Stacey." Er stieß ein Seufzen aus. „Und ich habe es doch nur gut gemeint."

„Ich weiß, Dad." Sie gab ihm einen Kuss auf die Wange. Dann ging sie in ihr Zimmer. Er hörte sie noch einige Minuten lang weinen. In Momenten wie diesen war sie wieder sein kleines Mädchen, das er vor allen Dingen dieser Welt beschützen wollte. Der bloße Gedanke, dass Kevin Baker seine Tochter berührt hatte, dass er in der Vergangenheit die Nacht mit ihr verbracht hatte, widerte ihn so sehr an, dass er spürte, wie Magensaft in seiner Speiseröhre nach oben drängte.

Auch wenn Kevin einmal ein guter Quarterback gewesen war – was er damals im Bellevue Hospital getan hatte, war unverzeihlich. Wie hatte seine Tochter so einen Mann nur lieben können? So viele Tage und Nächte hatte sich Charles über diese Frage den Kopf zerbrochen. Aber er kannte Stacey gut genug, um zu wissen, dass sie so dickköpfig geworden war wie er und dass sie ihre eigenen Entscheidungen im Leben traf. Und egal, wie sehr Charles der Kummer seiner Tochter auch im Herzen wehtat, es war das Beste, wenn er sie in diesen Stunden allein ließ.

Jetzt trat auch seine Frau auf den Flur. Glenda trug bereits ihr Nachthemd und sah Charles nachdenklich an. „Stacey wird über Kevin hinwegkommen“, sagte sie. „Sie ist eine starke Frau.“

„Das hat sie eindeutig von dir.“

„Alter Charmeur.“ Sie lächelte. „Komm endlich ins Bett, es ist spät.“

„Ich bin gleich soweit, Schatz.“

„Das hoffe ich für dich, du würdest sonst eine ganze Menge verpassen.“

Plötzlich hörte er ein Kratzen an der Wohnungstür. Draußen hielt sich irgendwer auf. Das Geräusch wurde nicht leiser. Charles drückte sein Ohr an die Tür. Als erstes dachte er an einen Einbrecher, aber in diesem Teil Manhattans war die Kriminalitätsrate sehr gering, außerdem befand sich ihre Wohnung im achten Stockwerk.

„Wer ist da draußen?“, rief er.

Er hörte keine Antwort, nur das fortwährende Kratzen auf Holz, gefolgt von einem lauten Schnaufen.

„Schatz, kommst du jetzt endlich ins Bett oder nicht?“ Glenda sah ihren Mann fragend an.

„Da ist jemand vor der Tür.“

„Wahrscheinlich ist der Hund der Morrisons wieder ausgerissen. Es wäre nicht das erste Mal, dass er durch den Hausflur streunt.“

„Verdammt, dieser Köter zerkratzt die ganze Tür." Charles drehte den Türknauf.

„Warte", sagte Glenda mit verhaltener Stimme. „Mir fällt ein, dass die Morrisons seit gestern zu Besuch bei ihren Kindern in Chicago sind. Da nehmen sie den Hund immer mit."

Die Tür schwang auf, Charles' Augen weiteten sich. Glenda schrie. Knochige Klauen fuhren auf ihn zu, hielten ihn fest umklammert. Ein hautloses Wesen schwankte in die Wohnung. Beinahe sah es wie ein übergroßer Embryo aus, unvollständig entwickelt. Die Rippen des Brustkorbes schimmerten deutlich zwischen dem roten Fleisch hervor, in der Bauchhöhle zeichneten sich Stränge von Eingeweiden ab wie glitschige Schlangen.

Das Wesen öffnete ein Maul, das bis zu den Ohrlöchern aufklaffte. Freiliegende Kiefermuskeln arbeiteten unter spitzen Wangenknochen, während sich die beiden Zahnreihen um Charles' Kehle schlossen. Blut schoss aus der Wunde hervor und ergoss sich auf die Fliesen. Beinahe gleichzeitig schlug das Wesen seine Klauen in Charles' Bauch und grub nach seinen lebenswichtigsten Organen.

Er wollte vor Schmerzen schreien, aber nur ein Gurgeln entrann seiner Kehle. Noch im selben Moment spürte er, wie sich seine Bauchhöhle ihrer Eingeweide entledigte. Tiefe Finsternis breitete sich um ihn herum aus und trug ihn schließlich davon.

~

„Was ist denn hier draußen los, ihr habt Sarah-Lynn aufgeweckt." Stacey kam aus ihrem Zimmer gerannt. Ihr Gesicht war noch immer feucht von Tränen. Anfangs zeigte ihre Miene Verärgerung, dann schieres Entsetzen. Sie fand ihre Mutter auf dem Flur. Glenda verharrte in einer Lache ihres eigenen Urins, starrte ungläubig auf eine Masse blutigen Fleisches. Kleidungsfetzen lagen daneben verstreut.

Beinahe hätte sich Stacey übergeben müssen. Jene Überreste waren bis vor wenigen Minuten ihr Vater gewesen. Sein Kopf stand in einem unnatürlichen Winkel vom Körper ab, nur die Nackenwirbel und einige Sehnen verhinderten, dass er abfiel und über die Fliesen rollte. Seine Arme und Beine zuckten rhythmisch. Ein Ding, das Staceys Verstand weder als Mensch noch als Tier einordnen konnte, kauerte bei dem Leichnam und fraß sich satt. Mein Gott, es fraß ihren Vater auf.

„Mom", winselte Stacey. „Wir müssen weg von hier." Sie zog ihre Mutter an der Hand, holte sie aus der Schockstarre zurück. Plötzlich sah das Ding auf, seine trüben Augäpfel fixierten Stacey. Es stieß ein Knurren aus, seine Zahnreihen begannen geräuschvoll aufeinanderzuschlagen. Dann erhob es sich.

Die beiden Frauen flüchteten in Staceys Zimmer, warfen die Tür hinter sich zu. Von außen drückte das Ding gegen das Holz. Stacey hielt mit aller Kraft dagegen, aber sie würde auf Dauer unterliegen. Ihre Mutter schob ein Regal vor die Tür, durch die Kraftanstrengung lief ihr Kopf rot an. Das Möbelstück verhinderte den Vorstoß der Kreatur zumindest für den Moment.

Sarah-Lynn weinte in ihrer Wiege, das Schluchzen des Babys zerriss Stacey fast das Herz. Sie versuchte, beruhigend auf die Kleine einzureden, aber es half nichts. Das Kind schien die Angst und die Verzweiflung der eigenen Mutter spüren zu können.

Von draußen erklang ein Kratzen auf Holz – Finger, die über die Oberfläche der Zimmertür glitten. Stacey hatte jene Hände, wenn man sie als solche bezeichnen konnte, gesehen wie sie in den Überresten ihres Vaters gegraben hatten. Hervortretende Fingerknochen, bleich und spitz, verliehen ihnen die Schärfe einer Klinge. Und auch das Gesicht des Dings hatte sie sehen müssen. Sie glaubte ihrem Verstand nicht zu trauen, aber dieses Wesen besaß die markanten Züge von Ace.

Als der Lärm vor der Tür verstummte, spähte Stacey durch das Schlüsselloch. Das Ding befand sich noch immer auf dem Flur und betrachtete sich in dem großen

Wandspiegel bei der Garderobe. Es streckte die Klauen nach seinem eigenen Spiegelbild aus und wich zurück. Dann tastete es über seinen Kopf, über das Fleisch und die freiliegenden Adern und Sehnen. Stacey begann sich zu fragen, ob es die Laune eines wahnsinnigen Künstlers gewesen war, die dieser Fratze Zähne und Augen eingesetzt, Nasenknochen und Ohren jedoch vergessen hatte? Und wo war die Haut?

Plötzlich stieß das Ding einen klagenden Schrei aus. Es hatte begriffen, wusste jetzt, wer oder was es war. Mit seinen Klauen zerschlug es den Spiegel, klirrend prasselten die Scherben auf die Fliesen.

~

Es war von Zorn erfüllt. Scherbensplitter bohrten sich in sein Fleisch, aber was bedeutete schon dieser Schmerz im Vergleich zu der Erkenntnis, warum alle Menschen, die Ihm begegneten, in Angst und Schrecken aufschrien.

Es sah nicht aus wie der Vater, wie der Schöpfer, sondern war abgrundtief hässlich.

Wer bin ich, was bin ich? Eine rohe Masse, zwar geformt nach den Zügen meines Vaters, doch weder so schön noch erhaben.

Ich habe keine Lippen, um küssen zu können, doch ich habe ein Maul, groß und kräftig genug, um Stücke aus meiner Beute herauszureißen.

Meine Hände können nicht liebkosen, auch nicht streicheln, doch sie können Fleisch und Sehnen mühelos zerfetzen.

Noch immer schmeckte *Es* das Blut der beiden Männer auf seiner Zunge; sie gefressen zu haben war kein Trost. Aber ganz bestimmt würde das Blut der Frauen die Wut und den Zorn lindern können. *Es* konnte sie riechen, ganz besonders gut duftete jene, die sein Vater Stacey genannt hatte.

Oh Vater, sie wird mein sein. Dann musst du mich lieben, dann musst du mich ansehen, so wie du sie angesehen hast.

Es konnte seine Liebe für diese Frau nachvollziehen, die Haut unter ihrer Kleidung musste rosig und zart sein. Wie aufregend war der bloße Gedanke, sie zu berühren, die Klauen in ihre üppigen Brüste gleiten zu lassen und tiefe Wunden hinab bis zu ihrem Geschlecht zu reißen.

Würde sie schreien, würde sie gar weinen? Oder würde nur ein gurgelnder Laut ihrer Kehle entrinnen, weil sich ihre Lungen mit dem eigenen Blut füllten?

Ein warmer Schauder der Erregung überkam *Es*, das Glied zwischen seinen Beinen versteifte sich.

Wenn *Es* erst die Tür aufgebrochen hatte, dann würde ein Fest der Begierde beginnen.

~

Kevin parkte den Chevy unmittelbar vor dem Greenford Building. Er stieg aus und rannte auf die Pforte zu. Die Schmerzen in seinem Knie trieben ihm Tränen in die Augen. Bereits durch die Glasfront sah er die Blutspritzer an einer Wand.

Das Ding war atemberaubend schnell gewesen. Kaum betrat er das Gebäude, als er auch schon den Concierge am Boden liegend vorfand. Die Farbe des weinroten Teppichs in der Eingangshalle unterschied sich nur wenig von der des Bluts, das aus seinem zerfetzten Rücken hervorquoll. Bisswunden zeichneten sich auf den Fleischresten ab. Schulterblätter und Wirbelsäule waren mit beinahe chirurgischer Präzision freigelegt. Der Hals des Concierges wirkte seltsam verrenkt, sein Kopf war wie eine Glühbirne, die nur noch lose in der Fassung hing. Der Blick des Toten war zur Zimmerdecke gerichtet, doch wie eingefroren spiegelte seine Miene noch immer Entsetzen und Unglauben wider.

Draußen auf der Straße kam der Polizeiwagen zum Stehen, Blaulicht durchflutete die Eingangshalle. Nur kurz drehte sich Kevin zu den beiden Polizisten um, die ebenfalls auf die Pforte zutraten. Einer der Beamten zog seine Pistole.

Von den drei Aufzügen befand sich immer eine Kabine im Erdgeschoss, um den Bewohnern längere Wartezeiten zu ersparen. Kevin drückte den Knopf für das achte Stockwerk, während die Polizisten vor der Leiche des Concierge stehenblieben. Bevor sich die Schiebetür schloss, sahen ihn die Beamten. Ihr Blick verriet Kevin, dass sie ihn für den Mörder hielten.

Er war nie ein sonderlich religiöser Mensch gewesen, aber als der Aufzug nach oben fuhr, betete er im Stillen, dass er noch rechtzeitig kommen würde, um das Ding davon abzuhalten, der Familie Summers etwas anzutun. Hätte er doch nur die Pistole von Mandrake behalten. Was wollte er einem solchen Monster entgegensetzen?

Endlich öffnete sich die Schiebetür wieder. Vor Kevin erstreckte sich ein weiter Flur mit gemustertem Teppich, die Wandbeleuchtung spendete zur Nachtzeit nur ein sanftes Licht. Die Tür zur Wohnung der Summers stand offen, der metallene Geruch von Blut drang aus dem Eingang und schwängerte die Luft.

„Stacey!"

Er schrie so laut er konnte und erwartete das Schlimmste. Kaum betrat er die Wohnung, wandte er sich abrupt ab. Es kostete ihn einige Anstrengung, sich zu beherrschen und zu begreifen, dass sein Sohn ein weiteres Opfer gefunden hatte. Irgendwo inmitten all des Blutes glaubte er noch das Gesicht von Charles erkennen zu können. Die roten Abdrücke nackter Füße führten über die Fliesen durch die Wohnung; augenscheinlich zog dieses Ding auch jetzt noch das linke Bein nach. Kevin konnte nur mutmaßen, ob er der Kreatur sogar sein in Mitleidenschaft gezogenes Knie vererbt hatte.

Plötzlich ertönte ein lautes Krachen, Holz splitterte, Stacey kreischte. Nur wenige Sekunden später traf Kevin auf seinen ungewollten Sohn. Die Kreatur hatte soeben die Tür aufgebrochen und humpelte jetzt auf Stacey und Glenda zu. Die Frauen standen Hand in Hand vor der Wiege – zwei Leiber, um die kleine Sarah-Lynn zu schützen.

„Nein!" brüllte Kevin. „Verdammtes Monster, lass sie in Ruhe!"

Die Kreatur zuckte zusammen, langsam drehte sie sich zu Kevin um und erstarrte. Zwischen ihren Beinen ragte ein erigierter Penis empor. Dieses Wesen begehrte Stacey auf dieselbe Weise wie er. Die Vorstellung, dass

Es mit seinem hautlosen Glied gewaltsam in sie eindrang und währenddessen andere Teile ihres Körpers auffraß, verursachte bei Kevin einen Brechreiz. Er würgte.

„Vater", krächzte die Kreatur. Ihre Augen fixierten ihn; Wut, Trauer, jedoch auch Bestürzung spiegelte sich in ihnen.

„Geh endlich weg von ihr."

Die Kreatur schüttelte den Kopf, ihr Mienenspiel wirkte zunehmend menschlicher. Oder war das nur ein frommer Wunsch?

„Du hättest nicht geboren werden dürfen."

„Vater … hasst du mich?"

Jene Worte fuhren Kevin durch Mark und Bein. Schon bald würde dieses Monster gelernt haben, weitere Sätze zu sprechen. Die Vorstellung trieb ihn fast in den Wahnsinn. „Ich bin nicht dein Vater!", schrie er. „Du solltest tot sein, du Missgeburt. Verdammt, ich habe dich doch getötet."

Der Aufschrei, den Stacey in diesem Moment ausstieß, übertönte für eine Sekunde sogar das Weinen von Sarah-Lynn. „Ace! Was hast du mit diesem Ding zu tun?"

Seine Antwort war knapp und ehrlich, das war er ihr schuldig: „Gott steh mir bei, ich habe es gezeugt, als ich damals …" Er konnte nicht weitersprechen, aber der

Ausdruck in Staceys Gesicht verriet, dass sie all die Zusammenhänge verstanden hatte. Der Mörder ihres Vaters war unverkennbar sein Geschöpf; und er war sich der ganzen Schuld bewusst, die dadurch auf ihm lastete, und hoffte im Stillen auf eine Vergebung, die es nicht geben konnte.

„Kevin … Ace, verdammt, wie konntest du nur all dieses Grauen über uns bringen?"

„Es ist ein verdammtes Spiel des Teufels, Stacey." Und er zweifelte keine Sekunde mehr daran.

„Ich wünschte, ich wäre dir nie begegnet!"

„Nein!"

Abrupt erwachte das Ding aus seiner Starre und stürmte, das Maul weit aufgerissen, auf Stacey zu. Glenda stellte sich zwischen ihre Tochter und das Monster, kniff in Erwartung ihres Todes beide Augen fest zusammen. „Gott steh mir bei", hauchte sie. Die beiden Zahnreihen schlugen in ihren Kopf ein. Ein Krachen ertönte, als der Schädelknochen zerbarst und Blut und Gehirnmasse wie ein roter Regen durchs Zimmer sprühten. Noch im selben Moment rammte Kevin seinen Sohn mit der Schulter, dabei setzte er all sein Gewicht ein, so wie er es beim Footballtraining gelernt hatte. Zusammen stürzten sie zu Boden und rissen die Wiege mit sich.

Die kleine Sarah-Lynn rollte aus ihrem Bettchen. Stacey hob ihr Baby auf, schloss es in die Arme und kauerte sich mit ihm in einer Ecke des Raumes zusammen.

Das Ding formte sein Maul zu einem lippenlosen Grinsen, als es das Kleinkind zum ersten Mal sah. „Hunger … so großen Hunger!" Es streckte eine Klaue nach Stacey und Sarah-Lynn aus, aber Kevin verhinderte die Berührung, indem er immer wieder auf seinen Sohn einschlug. Dieselbe Wut, die ihn damals im Abschlussjahr auf der Highschool dazu getrieben hatte, Jimmy Mitchell anzugreifen, ergriff wieder von ihm Besitz. Er ließ nicht von dem Ding ab. Noch nicht einmal, als es sich aufbäumte und ihn umarmte.

„Vater … warum hasst du mich so?"

Kevins Rippenknochen brachen unter dem Druck. So nahe er der Kreatur war, so penetrant nahm er den Verwesungsgeruch wahr, den sie verströmte. Er umklammerte sie ebenfalls; seine Finger gruben in dem weichen, feuchten und kalten Fleisch. Inständig hoffte er, irgendwo auf lebenswichtige Organe zu stoßen, die er verletzten konnte. Schließlich zerriss er eine dicke Ader, aus der schwarzer Schleim troff. Doch die einzige Reaktion des Dings bestand darin, ihn noch fester an sich zu pressen und mit ihm aus dem Zimmer zu rennen.

Wuchtig warf es sich mit Kevin gegen die Wände – ein jeder Aufprall erinnerte ihn an die härtesten Momente seiner Footballzeit.

Vater und Sohn näherten sich dem Wohnzimmer, spiegelten sich in dem großen Panoramafenster, dahinter strahlten die Lichter Manhattans. Auch die Polizisten hatten die Wohnung der Summers gefunden. Der erste Beamte lehnte am Türrahmen und erbrach seinen Mageninhalt auf die Fliesen, der zweite richtete die Pistole augenblicklich auf Kevin und das Ding. Mehrmals hintereinander ertönten die Schüsse. Abwechselnd schlugen die Projektile in die beiden Leiber ein, trieben sie auf das Fenster zu. Nicht einmal jetzt ließen Vater und Sohn voneinander ab.

„Ace!" Die Stimme gehörte Stacey und erklang wie aus weiter Ferne. Das Ding wirbelte herum, aber sein linkes Knie gab unter ihm nach. Die Bewegung erinnerte an einen bizarren Tanz, in dessen Finale die beiden blutüberströmten Gestalten taumelnd und noch immer einander umschlungen das Panoramafenster durchbrachen. Das Klirren von Glas war im ganzen Haus zu hören.

Die Nachtluft legte sich wie ein kalter Schleier um Kevin. Die Stockwerke des Gebäudes rasten an ihm vorbei, Lichter tanzten vor seinen Augen, die Straße näherte sich.

War es Wahnsinn oder Ironie, dass ihm ausgerechnet jetzt jene Worte aus einem Traum in den Sinn kamen, den er vor Jahren geträumt hatte?

Das Leben ist nichts anderes als ein Spiel, Ace. Manchmal spielst du für eine Mannschaft, aber meistens spielst du für dich allein. Und egal was du tust, jede Bewegung, jeder Pass, jeder Wurf, alles hat Konsequenzen. Sogar der Tod hat Konsequenzen.

Tod, durchfuhr es ihn.

Der Aufprall glich dem Donnerschlag des lautesten Gewitters. Schmerzen durchzuckten Kevins Fleisch wie Blitze. Er war unfähig zu schreien, geschweige denn sich zu bewegen. Unter ihm zerrannen die Überreste seines Sohnes als matschiger Brei auf dem Asphalt – ein Teppich aus Fleisch, Blut und zersplitterten Knochen.

Kevins Gedanken kreisten nur um Stacey. Er wusste, dass sie am Leben war. Er war beruhigt. Es heißt, wenn ein Mensch stirbt, dann zieht sein Leben noch einmal wie ein Film an ihm vorbei. Doch Kevin erinnerte sich nur an einen Abend vor vielen Jahren. Das beste Spiel seiner Karriere war vorbei, und er hatte sein Team zum Sieg geführt. Noch immer hallten die Rufe der Fans in seinen Ohren.

Ace of Spades! Ace of Spades! Ace of Spades!

Nachdem alle Spieler und die Zuschauer längst nach Hause gegangen waren, standen er und Stacey noch eine Weile allein auf dem Rasen.

„Was meinst du, Ace, was für Menschen werden wir sein, wenn wir die Highschool hinter uns gelassen haben und älter sind?"

„Wir werden Gewinner sein." Er grinste.

„Hast du keine Angst davor, dass sich nicht alle unsere Wünsche erfüllen werden?"

Kevin schüttelte nur den Kopf. „Und selbst wenn", sagte er, „dann haben wir immer noch uns. Uns beide, nur du und ich, verstehst du?"

Stacey sah ihn an, ihre Augen leuchteten und wieder einmal wurde sich Kevin bewusst, dass sie das schönste Mädchen der Schule war und wie glücklich er sich schätzen konnte, mit ihr zusammen zu sein.

Er küsste sie. Die Flutlichter gingen aus, das Spielfeld verdunkelte sich.

Kevin lächelte zufrieden, ein allerletztes Mal.

TEIL 4

KALTER TOD

Die Überreste der Kreatur fanden in einem schmucklosen Piniensarg ihren Weg nach Hart Island, wo die Häftlinge von Rikers Island sie in einem Massengrab auf Potter's Field vergruben.

Kevin Baker hingegen wurde auf Wunsch seiner Eltern auf dem Greenwood-Friedhof in Brooklyn begraben, sein Grabstein fand sich in der Nähe einer alten Eiche. Tagsüber warfen die ausladenden Äste des Baumes einen Schatten auf das Grab, und manchmal versammelten sich in der Baumkrone Krähenschwärme. Ihr Krächzen erklang von Sonnenaufgang bis Sonnenuntergang und erinnerte Stacey an einen grotesken Gesang, der die tragische Geschichte von Aces Tod treffend untermalte.

Einmal im Monat kam sie an diesen Ort, auch weil ihre Mutter und ihr Vater, ebenso wie ihre Großeltern, ganz in der Nähe begraben lagen. Sie war überrascht gewesen, wie viele alte Freunde und ehemalige Schüler aus der gemeinsamen Highschoolzeit bei der Beerdigung von Ace erschienen waren. Sogar Jimmy Mitchell war unter ihnen gewesen. Kevins Name war seit seiner Knieverletzung niemals ganz aus den Köpfen der Menschen verschwunden. Viele New Yorker hatten sich an seine herausragenden Leistungen während seiner viel zu kurzen Footballkarriere erinnert, doch leider auch an seine Verurteilung wegen Leichenschänderei. Und aufgrund von Staceys Aussage über die Morde an ihren Eltern stand sein Name noch einige Tage in den Zeitungen und brannte sich endgültig ins Gedächtnis der Stadt.

Ace hat mich und meine kleine Tochter gerettet. Er hat sich dem Mörder meiner Eltern entgegengestellt.

Was sie über die Herkunft des Mörders wusste, hatte sie ganz bewusst verschwiegen. Denn wer hätte ihr eine Geschichte über ein Monster geglaubt?

Auch die beiden Polizeibeamten hatten neben Kevin noch eine weitere Person im Wohnzimmer gesehen, die für sie nicht zu identifizieren gewesen war. Sie widersprachen Staceys Aussage in einem wesentlichen Punkt und unterstellten Kevin zumindest eine Mittäterschaft bei dem Mord an dem Concierge.

So gab es einige Leute in New York, die ihn für einen perversen Mörder hielten, und andere, für die er ein Held mit deutlichen Makeln war, der eine Mutter und ihr Kind vor einem Mörder gerettet hatte.

Doch wer war jener Mann wirklich gewesen, den Stacey trotz all des erlebten Grauens noch immer so abgöttisch liebte? Hatte sie ihn je gekannt? War es überhaupt möglich, einen Menschen voll und ganz zu kennen, zu wissen was der Verstand hinter seinen Augen plante? Sollten all die Leute dort draußen denken, was immer sie wollten. Für Stacey war er niemand anderes als der Vater ihres zweiten Kindes. Mittlerweile war sie im siebten Monat schwanger.

In den Nächten lag sie oft wach, starrte in die Dunkelheit, fühlte sich einsam und sehnte sich nach seinen Berührungen und Küssen, dachte daran, wie sehr sie es genossen hatte ihn in sich zu spüren. Ihre eigenen Finger waren kein Ersatz für Ace, auch andere Männer würden die Leere, die sein Tod hinterlassen hatte, nicht ausfüllen.

Zwar war viel Zeit seit jener schrecklichen Nacht in Uptown vergangen, dennoch gab es zuweilen Momente, in denen sie darüber nachdachte, ob es nicht besser gewesen wäre, das Kind abtreiben zu lassen. Denn was war, wenn es zu viele Eigenschaften seines Vaters in sich tragen würde? Immerhin musste es ein wahrhaft böser, überaus krankhafter Trieb gewesen sein, der ihn dazu gebracht hatte, sich an einer Frauenleiche zu vergehen und ein Monster zu zeugen. Irgendwo tief in Kevin *„Ace of Spades"* Baker hatte etwas Böses gewohnt, so wie es in allen Menschen wohnte. Manchmal schlummerte es jahrelang, nur um eines Tages hervorzubrechen und die Welt der anderen zu verändern, so wie Ace und seine bestialische Kreatur in einem Spiel des Teufels Staceys Leben verändert hatten.

Das Spiel war vorbei, und es gab keinen Gewinner. Was blieb, waren Erinnerungen und unerfüllte Wünsche.

~

Die Tür zu Patrick's Pub öffnete sich. Der Barkeeper musterte mit verwundertem Blick den ersten Gast des Tages, der ohne zu grüßen am Tresen vorbeiging. Der Mann war viel zu fein gekleidet, um sich in diesem Teil der Bronx herumzutreiben. Er nahm seinen Hut ab und setzte sich an einen abgelegenen Tisch.

„Sie schon wieder?" Der Barkeeper erschauderte. „Was wollen Sie?"

Nicholas Mandrake räusperte sich. „Wenn Sie wüssten, wie oft ich diese Frage über die Jahrhunderte zu hören bekomme."

Dem Barkeeper fiel es schwer, dem Gast längere Zeit in die Augen zu sehen. Schon die Gegenwart dieses Mannes war unangenehm, sogar unheimlich. „Entschuldigen Sie, Mister, ich wollte nicht zu neugierig sein."

„Ach, ist schon gut. Aber glauben Sie bloß nicht, ich käme wieder in dieses Loch zurück, weil es mir hier so gut gefällt. Offensichtlich aber ist es so, dass jeder Ganove in diesem Viertel früher oder später hier reinschaut, um sich einen Drink zu genehmigen."

„Fangen Sie bitte keinen Streit in meinem Laden an. Ich habe nicht vergessen, was neulich mit diesem jungen Kerl hier abgelaufen ist."

„Kevin Baker", seufzte Mandrake. „Die Angelegenheit ist geklärt."

„Der Kerl ist tot, ich habe in der Zeitung davon gelesen." Die Stimme des Barkeepers wurde mit jedem Wort leiser.

Plötzlich öffnete sich abermals die Tür und ein weiterer Gast trat ein. Er hatte den Kragen seines Parkas hochgeschlagen. Sein Gesicht war mit Aknenarben übersät. Er nickte dem Barkeeper zu und setzte sich an den Tresen. „Gib mir 'n Bier", rief er.

Jetzt stand Nicholas Mandrake von seinem Stuhl auf und ging langsam auf den Gast zu. Er grinste, sein Goldzahn blitzte auf.

Bitte erlauben Sie mir, dass ich mich Ihnen vorstelle.

ANHANG

NEW YORKS TOTENINSEL

Die Geschichte von Hart Island

Im Norden der Bronx, am westlichen Ende des Long Island Sounds, liegt die nur 1,5 Kilometer lange und etwa 400 Meter breite Insel Hart Island. Die Vegetation wuchert, ein paar Ruinen ragen inmitten von Bäumen und Sträuchern auf – nur eine Erinnerung daran, dass sich einmal Menschen hier aufgehalten haben.

Die einzigen Bewohner dieser Insel sind die Toten. Seit 1869 werden sie in der Erde des Armenfriedhofs Potter's Field begraben – mittlerweile beläuft sich ihre Zahl auf über 800.000. Vermutlich ist dieses Massengrab sogar der größte Friedhof der Welt. So wurden allein seit 1980 die sterblichen Überreste von mehr als 62.000 Menschen begraben, jedes Jahr kommen circa 1.500 hinzu.

Es sind die Obdachlosen, die Armen, die Unbekannten, sowie totgeborene Babys, die ihre letzte Ruhestätte auf Hart Island finden. Es gibt keine Grabsteine, keinen Blumenschmuck, keine in Marmor gemeißelten Abschiedsworte, nur Schweigen und Vergessen. Kritiker nennen Hart Island mittlerweile das schmutzige Geheimnis New Yorks, das die Stadt seit Jahrzehnten zu verstecken versucht.

Die Geschichte dieser Insel ist lang und bei weitem nicht jedem Bürger von New York bekannt. Im Jahre 1654 wurde die Insel den Indianern von einem Arzt namens Thomas Pell (dem Bruder des berühmten englischen Mathematikers John Pell) abgekauft. Einige Zeit war das Stück Land im Besitz seiner Familie, bevor es schließlich an die in der Bronx ansässige Familie Hunter überging. Im Jahre 1868 wurde die Insel dann von der Stadt New York für 75.000 Dollar aufgekauft. Zu jener Zeit hieß sie noch Lesser Minneford Island. Die Herkunft des gegenwärtigen Namens ist noch immer ungeklärt und scheint zumindest teilweise auf eine urbane Legende zurückzugehen. Es heißt, die kinderlose Witwe Hart hätte die Insel geerbt und irgendwann der Stadt New York geschenkt – deshalb habe man das Eiland letzten Endes nach ihr benannt. Nach ihrem Tod soll sie der allererste Mensch gewesen sein, der dort begraben wurde. Und in manchen Teilen der Bronx wird noch heute erzählt, ihr Geist gehe auf der Insel um. Aber hat nicht jede Großstadt ihre ganz eigenen Geschichten zu erzählen?

Jedenfalls scheint Hart Island schon seit langer Zeit für die Verstoßenen, für die Unerwünschten, für die Ärmsten der Armen bestimmt zu sein. Bereits während des Bürgerkrieges unterhielt die Union auf Hart Island ein Kriegsgefangenenlager; später gab es dort eine Nervenheilanstalt, ein Krankenhaus für Tuberkulosekranke, sowie eine Besserungsanstalt für Jungen. In den

Jahren 1955 bis 1961 nutzte das Militär den nördlichen
Teil der Insel für die Silos seiner Nike-Ajax-Raketen.
Die Ruinen all jener Gebäude sind bis heute weitge-
hend erhalten geblieben.

Auch das erste in New York an AIDS gestorbene
Kind wurde 1985 auf Hart Island begraben. Die dama-
lige Angst vor diesem Virus veranlasste die Behörde
dazu, jenes Grab mit der Registriernummer SC-B1
1985 einzeln und besonders tief anzulegen.

Da die Insel seit 1976 der städtischen Gefängnisver-
waltung untersteht, gilt sie bis heute als Sperrgebiet.
Ein unbefugtes Betreten kann sogar mit einem Bußgeld
von 600 Dollar oder einem Jahr Gefängnis bestraft
werden. Und niemand anderes als die Häftlinge von
Rikers Island werden dazu eingesetzt, die Toten zu begraben.

Die von den Behörden geführten Unterlagen über
die Bestatteten sind unvollständig, daher kommt es
häufig vor, dass viele Angehörige nicht einmal mehr
nachvollziehen können, ob ihre Familienmitglieder
womöglich in der Erde von Potter's Field liegen.

Und wer um seine Toten trauern möchte, muss dies
aus der Ferne tun, oder sich in Geduld üben, bis die
Stadt eine ihrer seltenen Führungen anbietet. Denn nur

alle fünf Jahre genehmigt die Gefängnisbehörde Besichtigungen.

Widerstand gegen diese Praktiken gibt es mittlerweile durch das Hart-Island-Projekt (https://www.hartisland.net). Diese Organisation setzt sich dafür ein, den Friedhof für die Öffentlichkeit besser zugänglich und die Bestattungen für Hinterbliebene nachvollziehbar zu machen. Gegenwärtig sind mehr als 60.000 Beisetzungen in der Datenbank des Hart-Island-Projekts aufgeführt.

Vielleicht werden eines Tages doch noch Besucher in regelmäßigen Abständen über die Erde von Potter's Field gehen können, um Blumen und Kränze bei den Gräbern niederzulegen. Aber bis dahin werden noch viele Tote ihre letzte Ruhestätte in der Abgeschiedenheit und Anonymität finden. Das ist der wahre Horror von Hart Island.

von Uwe Siebert sind im Pandämonium Verlag außerdem erschienen:

Die Wiedergeburt
(Druckausgabe: ISBN: 978-3-9813482-0-0)

Der Gott des Krieges
(Druckausgabe: ISBN: 978-3-9813482-1-7)

Blutkult
(Druckausgabe: ISBN: 978-3-9813482-2-4)

Totenheer
(Druckausgabe: ISBN: 978-3-9813482-3-1)

Totenkönig
(Druckausgabe: ISBN: 978-3-9813482-7-9)

Totenflüsterer
(Druckausgabe: ISBN: 978-3-944893-01-3)

Niedergang der Götter – Schattenbringer
(Druckausgabe: ISBN: 978-3-944893-11-2)

Herbstnacht in Northern Creek
(Druckausgabe: ISBN: 978-3-944893-00-6)

Weitere Informationen über den Verlag finden Sie unter
www.pandaemonium-verlag.de

Mark Twain
Der geheimnisvolle Fremde
Roman
(Übersetzung von Oliver Fehn)

Pandämonium Verlag
ISBN: 978-3-9813482-5-5
156 Seiten, Paperback
Preis € 16,90

Österreich im Mittelalter: In Eselsdorf taucht eines Tages ein fremder Junge auf, der über geheimnisvolle Kräfte verfügt. Er gibt sich den Jugendlichen des Dorfes als ein Neffe Satans zu erkennen, und mit seiner Ankunft häufen sich seltsame Ereignisse. Doch was er dem jungen Theodor, der zu seinem besten Freund wird, über die Welt und den Sinn des Lebens zu berichten hat, ist voller Tiefe und Weisheit.

Tobias Könemann
AUS TOD WIRD HEIMAT
Bildband / Farbdruck / A4

Pandämonium Verlag
ISBN: 978-3-944893-02-0
76 Seiten
Hochglanzfarbdruck
Preis € 29,95

„Aus Tod wird Heimat" ist eine Sammlung von Gemälden und Fotografien des Mainzer Künstlers Tobias Könemann. Ergänzt durch seine philosophischen Texte ergibt sich ein faszinierender Querschnitt durch ein Schaffenswerk, das irgendwo zwischen Himmel und Hölle angesiedelt ist.

Uwe Siebert
Herbstnacht in Northern Creek

Pandämonium Verlag
ISBN: 978-3944893006
162 Seiten, Paperback
Preis € 12,95

Ein Fluch lastet auf der Familie Blackburn. Cameron, der letzte männliche Nachkomme einer langen Ahnenreihe, ist von Geburt an dazu bestimmt, seinen Leib einem finsteren Wesen mit Namen Neamonar zu überlassen. Seit Jahrtausenden wartet Neamonars Geist im Jenseits auf eine Möglichkeit, ins Leben zurückzukehren. Gestärkt durch unzählige Menschenopfer, sehnt er die einzige Nacht des Jahres herbei, in der die Welten der Lebenden und der Toten miteinander verschmelzen: Halloween, das Fest am Vorabend zum Allerheiligentag. Als diese unheilige Nacht endlich da ist, wird das kleine Dorf Northern Creek von den bösen Mächten heimgesucht, Geister gehen auf den Straßen um, und eine Zeit des Grauens bricht an. Nur Claire Lockhart wagt es, sich Neamonar und seinem Auserkorenen entgegenzustellen. Dabei erhält sie unerwartete Hilfe aus dem Reich der Toten.

Gerd Frey
Tödliche Aussichten
Erzählungen

Pandämonium Verlag
ISBN: 978-3944893082
304 Seiten
Preis € 14,90

Phantastische Kurzgeschichten von Fantasy und Horror über Science Fiction bis hin zu skurrilen Begebenheiten.
Der größte Teil der zumeist düster gehaltenen Kurzgeschichten wirft einen kritischen Blick auf unsere heutige Gesellschaft.

Uwe Siebert
Totenflüsterer
Roman

Pandämonium Verlag
ISBN: 978-3944893013
190 Seiten, Paperback
Preis € 12,90

Schon bald hat Larkyen das Inselreich Kyaslan in den Weiten des Ur-Ozeans erreicht. Um ihm und seiner schwangeren Gefährtin Patryous eine sichere Ankunft auf dem Eiland zu gewährleisten, versucht der Imperator, alles Unheil von ihnen fernzuhalten. Dennoch droht eine nicht zu unterschätzende Gefahr: Der Totenflüsterer, ein uraltes Wesen aus dem Zeitalter der ersten schwarzen Sonne, hat sein Augenmerk auf Larkyen gerichtet und erweckt den Kriegsgott Nordar. Doch der Kriegsgott des hohen Nordens ist mächtiger als jemals zuvor und hat die Niederlage, die ihm Larkyen einst in Kanochien beigebracht hat, keinesfalls vergessen. Inmitten der Sandwüsten des kriegsgeplagten Landes Zhymara treffen die erbitterten Rivalen ein weiteres Mal aufeinander.

Tobias Könemann
Das schwarze Holz
Erzählungen

Pandämonium Verlag
ISBN: 978-3944893136
112 Seiten, Paperback
Preis € 9,95

In sieben illustrierten Kurzgeschichten bewandert der Mainzer Künstler Tobias Könemann die trostlosen Karstlandschaften menschlicher Psyche; vorbei an all den Wegkreuzen, an welchen sich schon Hoffmann, Poe, Schopenhauer und Nietzsche ihrer ärgsten Druckgeister entledigten; stets den Höllenschlund conditio humana im Blick. Beklemmung und Desillusion sind es, welche Könemanns Nachtstücke verdunkeln; ihrem schwarzromantischen Schauer liegt eine gespenstische Einsicht zu Grunde: "Das Schwarze Holz" ist der verkohlte Scheiterhaufen des Fortschrittsoptimismus.

Paul Zech
Die schönsten Gedichte von Paul Zech

Herausgegeben von
Oliver Fehn

Pandämonium Verlag
ISBN: 978-3944893150
88 Seiten, Hardcover
Preis € 14,95

Paul Zech (1881 – 1946) gehört zu den „vergessenen Dichtern" des deutschen Expressionismus – zu Unrecht, wenn man an seine Sprachgewalt und seine leuchtenden Bilder denkt. Seine Nachdichtungen von François Villon, in den 60er Jahren durch Klaus Kinski populär geworden („Ich bin so wild nach deinem Erdbeermund"), dürften jedoch viele von uns noch im Ohr haben. Dieses Buch vereinigt eine Auswahl von Zechs schönsten Gedichten aus den verschiedensten Sammlungen.

Gustavo Adolfo Bécquer
Von Teufeln, Geistern und Dämonen

Pandämonium Verlag
ISBN: 978-3944893143
248 Seiten, Paperback
Preis € 14,95

Gustavo Adolfo Bécquer gilt längst als Wegbereiter der spanischen Literatur. Düstere Legenden, Spukphänomene, okkulte Beschwörungen und unerklärliche Ereignisse aus lange vergangenen Zeiten bilden den Kern der 18 in diesem Buch enthaltenen Geschichten: Meister Perez, der Organist; Das Teufelskreuz; Glaubet an Gott!; Die Höhle der Maurin; Das Miserere; Das weiße Reh; Die grünen Augen; Der Geisterberg; Der Mondstrahl; Kobold; Das Kruzifix mit dem Totenschädel; Das Gelöbnis; Die Passionsblume; Das goldene Armband; Der Kuss; Der Tod der alten Kaska; Die Zauberburg; Die Hexen von Trasmoz